人間の土

Terre des Hommes

サン＝テグジュペリ

［訳／挿絵］田中稔也

明月堂書店

目次

目次

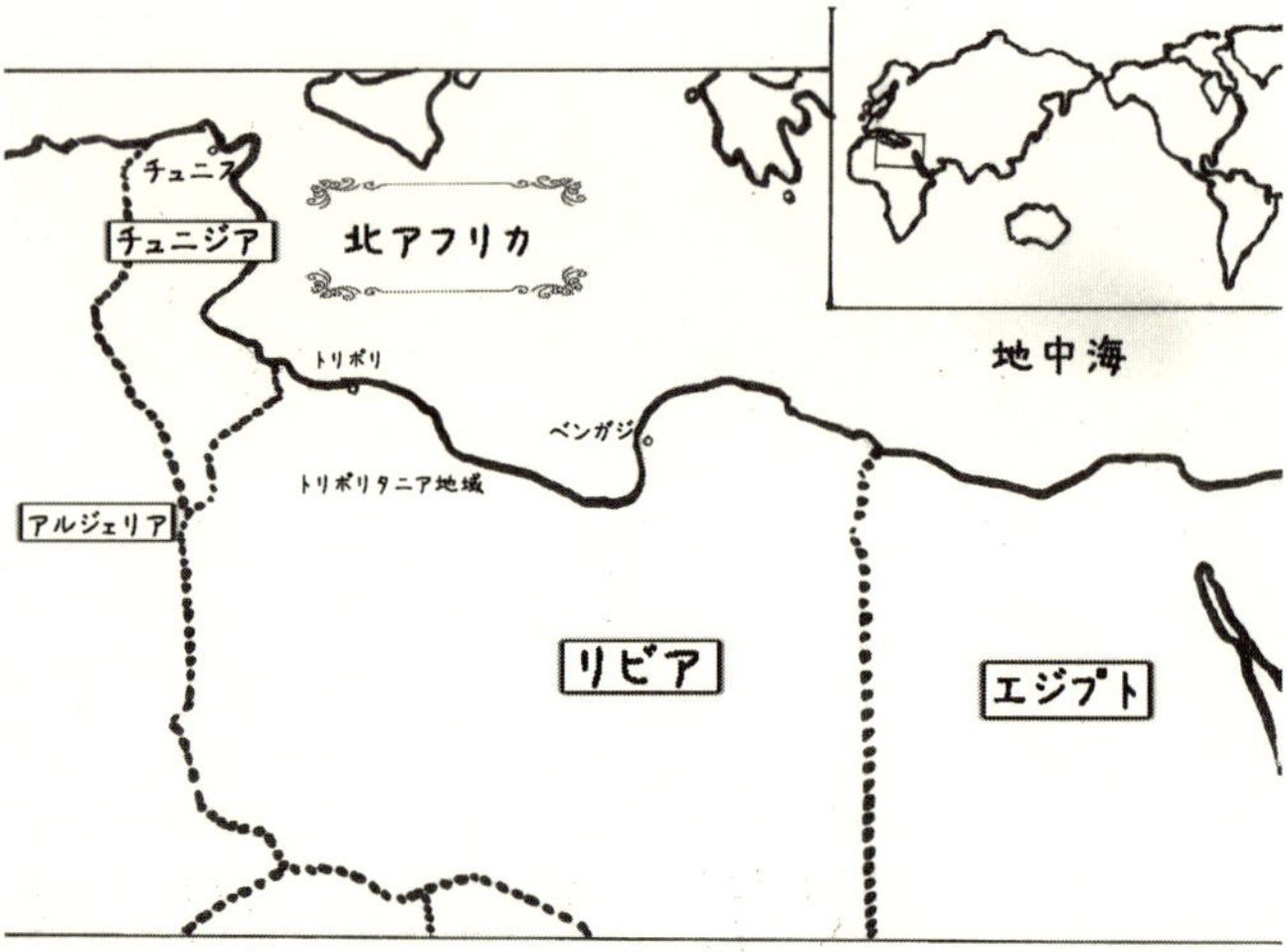
北アフリカ
地中海
チュニス
チュニジア
トリポリ
ベンガジ
トリポリタニア地域
アルジェリア
リビア
エジプト

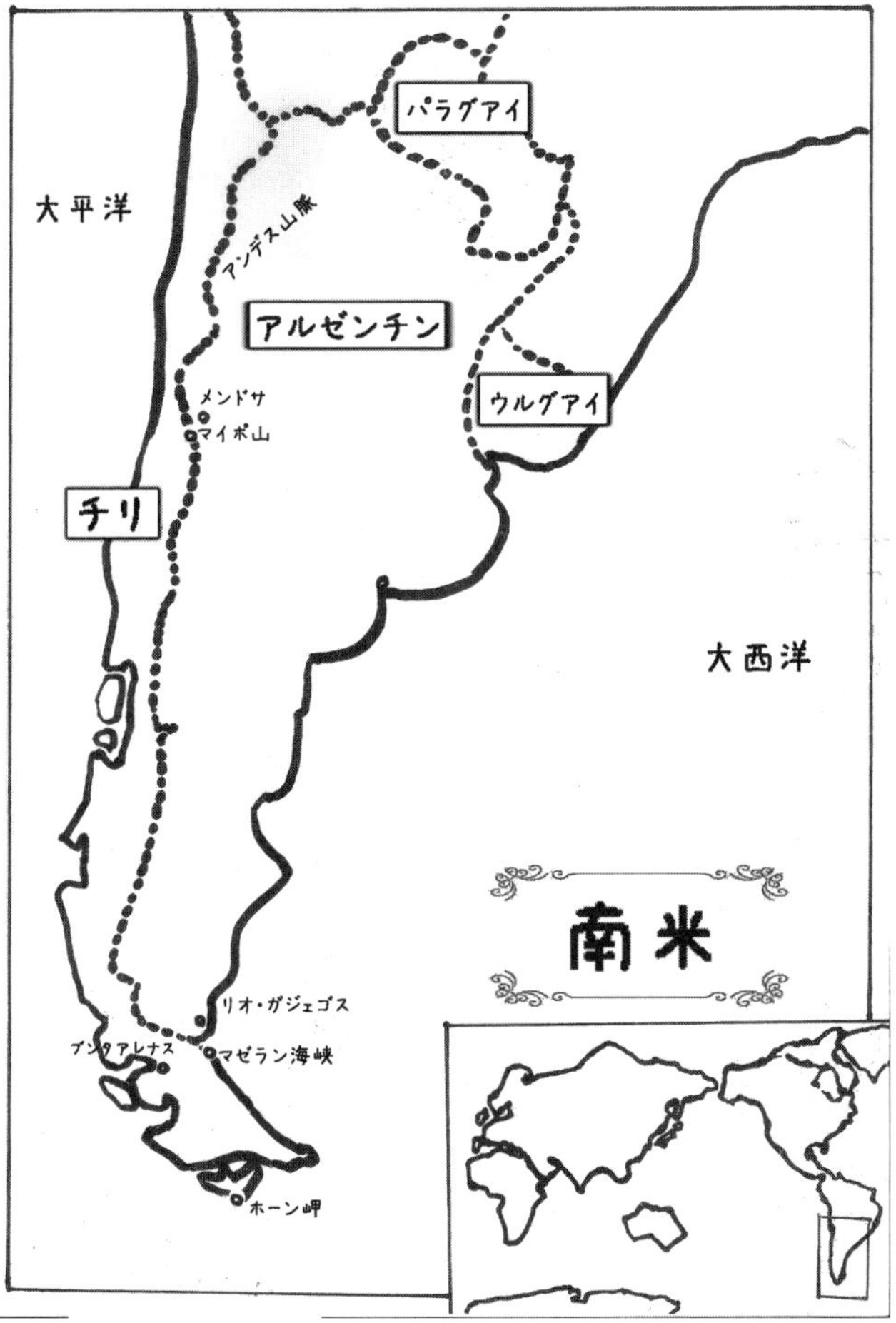
パラグアイ
大平洋
アンデス山脈
アルゼンチン
ウルグアイ
メンドサ
マイポ山
チリ
大西洋
南米
リオ・ガジェゴス
プンタアレナス
マゼラン海峡
ホーン岬

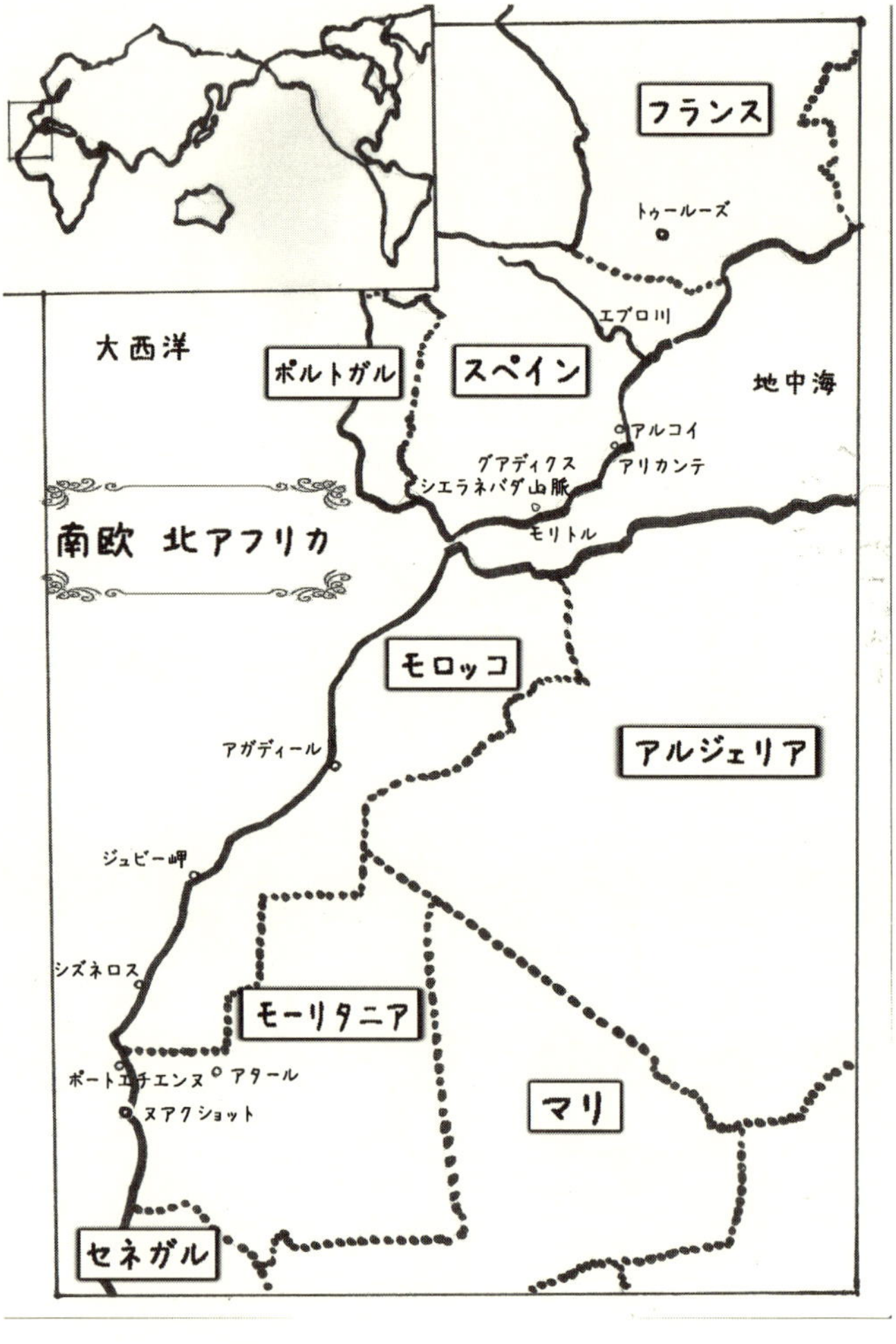

南欧 北アフリカ
フランス
トゥールーズ
エブロ川
大西洋
ポルトガル
スペイン
地中海
アルコイ
グアディクス
アリカンテ
シエラネバダ山脈
モリトル
モロッコ
アルジェリア
アガディール
ジュビー岬
シズネロス
モーリタニア
ポートエチエンヌ
アタール
ヌアクショット
マリ
セネガル

訳者まえがき

『星の王子さま』誕生から先立つ事四年、サン＝テグジュペリ三九歳の著作であり一五年に及ぶ著者の飛行体験の集大成とも呼べる作品である。

実際に本作は私小説的な文体で書かれており、著者の実体験に基づいた独白に近い作品でもあり著者の『南方郵便機』『夜間飛行』などの作品が本作に描かれる体験をベースにしたフィクションであることを考慮すれば、サン＝テグジュペリ作品を理解する上での「鍵」と見ても過言ではなかろう。

この重要な作品の翻訳にパリ在住の日本人アーチストである自分に白羽の矢が立てられたのは既に二年以上前の話である。

当時、一ページの翻訳に八時間もかかるほど苦戦したが、特に本作に多用される多義的な語彙（terre,verite,homme,camarade,nostalgie 等）に適した日本語の選定、例えば「路線電車」と訳した omnibus という当時のフランスに存在した交通手段が、路面電車だったか、あるいは乗合バスだったかの確認のために歴史博物館のアーカイブを読みあさってみたり、挙げ句の果てトゥールーズへ行く友人に確認を頼むなど、あらゆる手段を講じたため結果的に恐ろしい時間がかかってしまった。

本作の翻訳者の先達であり大いに参考にさせて頂いた堀口大学氏、渋谷豊氏の翻訳も素晴らしいので御一読なさることをお勧めしたい。両氏は、著者、サン＝テグジュペリを貴族出身で知的かつ文学の素養もある教養人として捉え、それをそのまま文体にも反映させておられるように見受けられるが、やはり当時の荒くれ者の仕事である「飛行機乗り」にふさわしいのは荒々しいハードボイルドな表現であり、本著ではあえて一人称を「俺」、やや口語的な表現……若者言葉やときにヤクザ言葉……も採用することにした。

本作の中でも繰り返し当時のスノビズムを軽蔑し、庭師や農夫など生の人間像を体現する職種を礼賛する著者の求めたであろう文体に近づけたと確信している。『星の王子さま』の著者の柔和で品のいいイメージをお持ちの読者の中には本作のハードボイルド、ピカレスク風の文体にギャップを感じられる方もおられるかと思うがそれも含めて楽しんで頂ければ幸いである。実際『星の王子さま』の柔和な文体とは裏腹に作中の著者の批判精神の矛先は老役人、空港職員、南米の住人、慈善団体などにむけられ、留まる事を知らぬ本作の原動力が著者の「怒り」であると言っても過言ではない。

翻訳においては筆者の見た光景を読者に忠実に伝えることを目指し平易な文で語りかけるよ

うに訳す事を心がけた。かなり大胆な意訳をした部分もあるがニュアンスは損なわれていないはずである。原文では八行に至る一文など非常に長いフレーズもリズムを優先して区切り、簡潔で分りやすい文章を心がけた。

また技術的な話になるが原文においてそれまで単純過去形が多用されていたにも関わらず第七章「砂漠のど真ん中」から現在形が用いられていることにも言及しておきたい。今回の翻訳では時制の違いによって生じる違和感も最小限になるように心がけたつもりである。

また差別的ともとれる表現等も原文への忠実さを優先してあえて採用したが訳者には差別的な意図は全くないことをここで明記したい。読者諸氏においては当時のフランス人には一般的であった性別、人種、障害者などに対するまなざしなどを歴史的教訓として汲んでいただけることが望ましい。

世界大戦の渦中にあり、さらに郵便飛行の黎明期という時期でもあり技術的な未発達から命を落とす操縦士が多かった時代において（実際著者も含め本作に登場する大半の操縦士が事故で死亡している）サン＝テグジュペリの死生観は研ぎすまされ思考と直感から実存主義に通ずる哲学的な命題を導き出すに至ってるのは驚くべき事である。世界への生の肌感覚とも言えるその研ぎすまされた感性と本質を捉える直感力、そして第一に生死といった人間の本質的な命題に真っ向から向き合う真摯さのなせる技であろう。自らの置かれた極限状態に於いても己の状況を客観的に分析し、ときに自嘲的に滑稽に描く姿勢が作品の端々に見て取れるが己の運命にすら達観した態度は常人に真似のできる事ではない。そうした胆力と同時に著者の持ち合わせた繊細な感性、想像力が自らの経験にとどまらず他人の体験談の狂言回しとしても我々の感情に訴え臨場感溢れる描写を可能にしている。

同時に著者は病的なといってもいいほどのロマンチストである。彼の自然、動物、人間に対する驚異と賞賛に満ちたまなざしはあたかも幼子のそれであり極限状況に於いても夢想を止めない。石の欠片一つ、石畳の間から生える草一本から想像の翼を広げうるその感性がサン＝テグジュペリ文学を特徴づける詩的表現の源泉になっている。

挿絵に関しては鉛筆、水彩絵の具、グアッシュ（不透明水彩）、インク、アクリル絵の具、マーカー、色鉛筆などアナログな画法をあえて採用した。デジタル画法よりも暖かみのある手描きの方が本作に描かれる世界観には適切と判断した。

情報過多で読者の想像を限定してしまわないように細心の注意を払いつつ厳選した画材、熟慮した構図で著者の見た風景を再現できたと自負している。時代考証などの観点から資料選びには細心の注意を払いつつ細部に至るまで矛盾のないものに仕上げた。本著を通読された読者は十分に翫味されたであろう詩的、寓話的、絵画的な表現には訳者をしてインスピレーションを刺激されて止まず最終的に百枚以上にも及ぶ原画を制作するに至った。本作に掲載された挿絵はその中からさらに厳選したものである。

またこの場を借りて今回の大役の打診、折衝をしてくださった明月堂書店の西巻幸作氏への感謝の辞を表する事を許されたい。訳者の完璧主義が招いた長丁場を限りない寛容の精神でお付き合い頂いた。また絶えず精神的に支えてくれた家族、翻訳へのアドバイスを教示してくれたフランスや日本の幾多の友人達へも感謝の念に耐えない。

訳し、描きながらサン゠テグジュペリの描く世界を旅をすることで訳者は実際に旅をするのと同様の愉悦を、同時に苦難を追体験することができて本当に楽しかった。本作で読者諸氏が同様の経験を辿ることができるのを願うばかりである。

敬愛するサン゠テグジュペリの翻訳、あまつさえ挿絵を担当するという名誉に浴する僥倖に心から感謝しつつ読者諸氏の空の旅の一助になれれば幸甚の極みである。

ありがとう、サン゠テグジュペリ!

我が朋友、アンリ・ギヨメ[※1]にこの本を捧げる

アントワーヌ・ド・サン＝テグジュペリ

序　文

土が俺たちに教えることは、どんな本よりも多い。というのも、土が俺たちに抗うからだ。人間は障害に立ち向かう時に己《おのれ》を見出すが、そのためには道具がいる。スコップがいる、鋤《すき》がいる。百姓は畑を耕しながら、ちょっとずつ自然の秘密を剥ぎ取るが、そうやって得る真理は万物に共通だ。それと同じで、定期飛行の道具である飛行機も、昔から続くあらゆる問題に人間を行き当らせる。

いまもアルゼンチンでの、初めての夜間飛行で見た光景が目に浮かぶ。真っ暗な夜、ちらほらと原っぱに浮かぶ灯火《ともしび》が、お星さまよろしく瞬いていた。

一つひとつの光が漆黒の大海原の中で、人間の「意識があること」の奇跡を伝えていた。あっちの家じゃ本を読んだり、考えごとをしたり内緒話を披瀝《ひれき》しあっていたし、別のこっちの家じゃ、宇宙を探索しながらアンドロメダ星雲の計算に神経をすり減らしてる人がいたかもしれない。詩人やら、小学校の先生やら、大工の家の灯《あか》りみたいに地味で極まりないものに至るまで、原っぱの灯りはそんな生きる糧を求めて、彼方まで広がりつつキラキラ光っていた。

※１　ギヨメについては第２章に詳しい。

一方、そうした生きた星のなかで、どれだけの窓が閉ざされて、どれだけの星が失せ、どれだけの連中が眠りこけていたことか……やってやろうじゃねぇか。原っぱのむこうまで続く、あの燃える灯りのいくつかに、触れあわなきゃ。

第1章　定期航路

一九二六年のことだ。俺はラテコエール社に、新米パイロットとして入社したばかりだった。エアロ・ポスタルそしてエール・フランスに先立って、トゥールーズ＝ダカール便[※2]をカバーしていた会社だ。そこで俺はノウハウを学んだ。定期便パイロットの栄誉に浴する前に、同僚の誰もが経験する見習い訓練の番が回ってきたわけだ。慣熟飛行、トゥールーズ＝ペルピニョン[※3]間の短距離フライト、凍てつく格納庫の奥での淋しい気象学の授業。あの頃の俺たちは、未だ見ぬスペインの山々への不安や先輩連中へのリスペクトを胸に暮らしていた。

先輩パイロット連中は社食などで出くわすと、しかめっ面をしてなんとなくよそよそしく、上から目線で俺たちにアドバイスを投げかけてくるのだった。

そのうちの一人がアリカンテ[※4]やカサブランカ[※5]から帰還するなり、雨でビショビショに濡れた革ジャンのまま遅ればせに俺たちの卓についた。俺たちの一人が怖ず怖ずと今日の旅程について質問などしても、返ってくるのはシンプルな答えだけだった。嵐の日々の腐るほどの罠やトラップ、いきなり立ちはだかる断崖絶壁だのヒマラヤ杉を根こそぎにした乱気流など、谷の入

※2　トゥールーズ、フランスの南西部に位置する都市。ダカール、アフリカ大陸西岸セネガルの首都。
※3　フランス南部ピレネー＝オリアンタル県の県庁所在地。
※4　スペイン南東部の地中海に面した山岳地帯。
※5　モロッコの都市。

り口を塞ぐ黒い龍やら、山頂を冠みたいに飾る電光の束まで、俺たちの眼前に神話みたいな世界をくり広げるのだ。

いま思えば、先輩連中は俺たちに尊敬の念を抱かせるテクニックを磨《みが》いていたのだ。時に彼らの一人が帰還せず、永遠にリスペクトの対象になるようなこともあった。

のちにコルビエール山塊※6で死んだ、あのビュリーの帰還のときを思い出す。この古参パイロットは俺たちの間に腰を下ろすと、未だに残る飛行の疲れに肩を落とし無言でのろのろと喰い始めた。それはルートの頭から終わりまでひどい天気の晩で、空は曇り、操縦席から見た山々はさながら、濃い霧の中でのたうっているみたいだった。まるで昔の帆船の甲板綱の切れた大砲が、ガリガリと甲板を傷つけながら転げ回ったみたいにだ。俺はビュリーを見つめて、ゴクッと唾を飲み込んで覚悟をきめると、フライトはキツかったかと聞いてみたが、耳に入ってないのか、彼は皿に顔を向けたまま額に皺をよせていた。

悪天候のときなんか、当時の飛行機乗りは、無蓋の機体から前をよく見るために、フロントガラスから身を乗り出すことがあったが、そういう時は強風が長いあいだ耳の中で鳴り続くのだ。ビュリーはやっと顔をあげると、俺の声に気付いたらしく、何を思い出したのか急にけたたましく笑いはじめた。

ビュリーは滅多に笑うようなキャラじゃないから俺はビビったが、この遠慮のない笑いは、

※6　フランス南部、標高 1230 メートル。

彼の疲れを吹き飛ばすに充分だった。今日の勝ち戦について他には何の説明もないまま、ビュリーは顔を伏せて黙ってまたモグモグしはじめた。しけた食堂で、ショボい連中にまざって、一日の疲れを癒すこわばった肩の先輩に、俺は妙な高貴さを見いだした。彼は野暮な外面の下に、龍をブッ倒した天使のすがたを垣間みせたのだった。

ついにその夜、俺が局長に呼び出される番が来た。ダイレクトに聞かれる。

「明日、飛べるか？」

局長に下がっていい、と言われるのを突っ立って待つ。しばらくの沈黙の後、局長は付け加えた。

「飛行規程は分っているな？」

今のとは違って、この時代のエンジンは安全とはほど遠い代物だった。突然、何の前触れもなく皿の割れるみたいにすげえ音をたてて、俺たちを見捨てることがよくあった。そうなりゃ岩がゴロゴロしていて、不時着できるはずもないスペインの地表に降りるしかなく、もうお手上げだ。

「あそこでエンジンが止まったら、飛行機はあっと言う間もなくおシャカだな」

と仲間うちで言い合ったものだ。まあ、飛行機には替わりがきくんだが……。

要は闇雲に岩場に近づかないことだ。山地で雲海の上を飛ぶのも御法度で、これに違反すりゃ一番キツい厳罰だ。故障機のパイロットは真っ白な麻屑《あさくず》みたいな雲に突っ込むが早いか、見る間もなく山頂に砕け散るしかない。

そういうことでその晩、最後にゆっくりネチネチと飛行規程を読み聞かされる羽目になった。

「コンパス片手に、スペインの雲海の上を航行するのは楽しいし、粋なんだが」

ここからさらにゆっくりと言う。

「……だが忘れるな、雲海の下には永遠の沈黙があるのみだ、と」

雲から顔を出せば、そこは静かで継ぎ目も代り映えもないものだ。だが、こんなこと言われた日には、雲海《そいつ》が考えても見なかった意味を持ってしまう。とんだハニートラップだ。俺は足下に白く広がる雲海の罠を想像したのだった。その中には娑婆《しゃば》のすったもんだもない、ゴタゴタもなければ、街のてんやわんやもない。ただ絶対的な静寂と永遠の平和があるだけだ。それでこの白いトリモチが、俺にとってリアルとシュールの、あるいは分るもんと分らないもんとの境界になった。

文化や文明、職業とかのフィルターを通して見なけりゃ、目の前の風景は何の意味も持たないことにも気付いていた。山岳地帯の住人だって雲海は知っている。だが彼らはそれを、俺たちが惑わされるフェイクのカーテンとして見ることはないだろう。

事務所から出ると、俺はガキっぽい誇りを感じた。夜が明けたらついにこの俺が乗客とアフリカへの郵便物の責任者になるのだ。だが、同じく大きな卑下も感じていた。万全ではない気がした。スペインは緊急避難に向いてない。シャレにならないレベルの故障が起きても、不時着できる場所を知らないのが不安だ。俺は不毛な地図を凝視したが、必要とする何の答えも見いだせなかった。臆病と傲慢でごっちゃになりつつ、出陣前夜を親友のアンリ・ギヨメの部屋で過ごすことにした。ギヨメはこの道では俺の先輩だ。「スペインの鍵」の在処を知っていたのだ。ギヨメの手ほどきが必要だった。

部屋に入ると、彼は俺の初フライトについてこう言った。

「知らせは聞いたぜ。ご機嫌だろう」

棚からポートワインとグラスを引っ張り出してきたが、にやけたままで言う。

「祝いにこれを一杯ひっかけようぜ。まあ、うまく行くさ」

この先輩はランプが光を発するように、俺たちに安心感を与えるオーラを放っていた。数年後にアンデス山脈と南大西洋の横断郵便飛行の記録を打ち立てることになる僚友は、この晩シャツ一枚という格好でランプの下で腕を組み、善意に満ちた最高の笑顔を浮かべつつ、シンプルにこう言った。

「雷雨や霧、そして吹雪などが、行く手を阻《はば》むこともあるだろうが、そんな時はお前の前にそれを経験した全てのやつらのことを思え。そして自分に言い聞かせろ、他の連中にできたんだから、俺にもできるんだと」

そう言われりゃそうなのだが、それでも俺は地図を広げて、ちょっとでいいから明日のルートを一緒に見てくれるように頼んだ。ランプの前に屈んで先輩の肩にもたれると、学生時代の安らぎを思い出した。

だが、俺が受けたのは、何という変わった地理の授業だっただろう！

あいつはスペインについては教えるというよりも、スペインを俺の恋人《スケ》にしちまったのだ。

彼はスペインの河川についても人口についても、家畜数についても話さなかった。グアディクス※7のことも話さなかった。その代わりにグアディクス近郊の畑の縁《ふち》に生えた三本のオレンジの木について話してくれた。

「あれには注意しろよ、自分の地図に書き込んどけ」

三本のオレンジの木はそれ以後、俺の地図上でシエラネバダ山脈※8よりも大きな場所を占めることになった。ロルカ※9の町についても話さなかったが、ロルカの近くのショボい農家については話してくれた。ちゃんと人が暮らしてる農家で、そこの百姓と百姓女についてだ。俺たちから一五〇〇キロの僻地《へきち》にいるその百姓夫婦が、俺にとって計り知れない重要な存在になった。

※7　アンダルシア州のグラナダの町。
※8　アメリカ・カリフォルニア東部を縦貫する山脈。
※9　スペイン南部、地中海に近い。

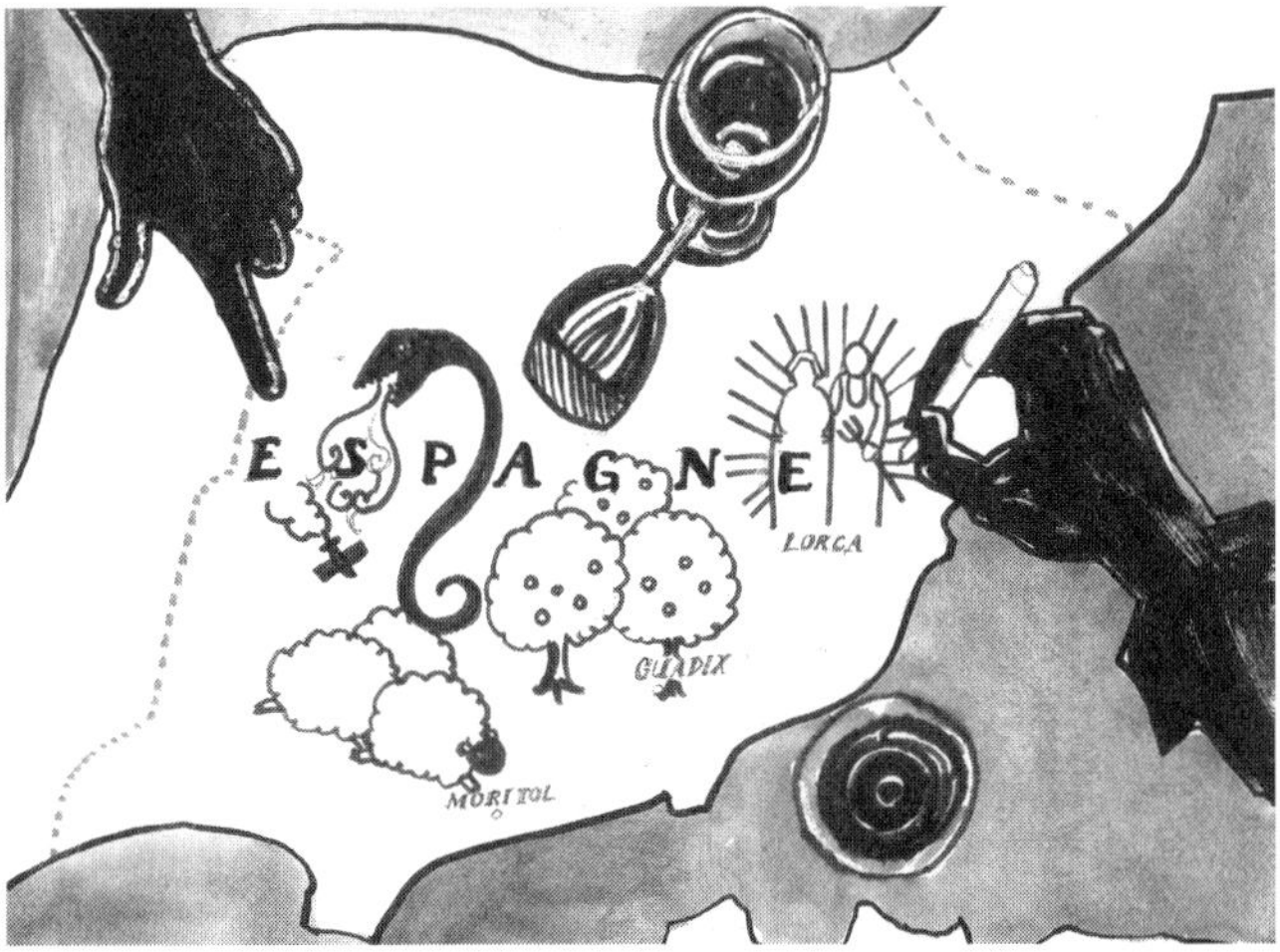

「あれには注意しろよ、自分の地図に書き込んどけ」（22頁）

山の斜面にしっかり根を下ろした夫婦は、いってみれば灯台守《とうだいもり》みたいに、星の下で遭難した連中に救いの手を差しのばす準備ができてる。

俺たちはこんなふうに、世間に忘れられて住む遠くの人々の瑣末事を、根掘り葉掘りひっぱり出していった。世界中の地理学者たちが知らないことばっかりだ。というのも、地理学者たちが関心を持つのは大都市を潤すエブロ川[※10]だけで、モトリル[※11]の西で三〇ばかりの花を養っている、草むらに隠れたその支流ではないのだから。

「あの小川には用心しとけよ。あれのせいで、せっかくの着陸場所が台無しだ……これも書き込んどけ」

ああ！　俺はモトリルにある蛇のような小川を忘れない！　それはなんてことはない川だ。しかし、軽い囁《ささや》き声のようなせせらぎで、カエルたちを幻惑するのがせいぜいといった風だが、眠りながら抜け目なく片目でこちらを見ているということを。草原に広がる不時着時の天国で、あの蛇は草の下に横たわり、ここから二〇〇〇キロメートルの彼方から俺を待ち伏せている。下手したら一発で飛行機を火の玉にしちまうだろう……。

また、俺は丘の中腹に並んでこちらに躍《おど》りかかろうとしている、三〇匹の気の荒い羊どもにも、立ち向かう覚悟を決めた。

「この原っぱなら大丈夫だと思うだろう。するとズドン！　三〇匹の羊どもが、飛行機の車

※10　スペイン五大河川のひとつ。
※11　スペイン・グラナダ県の地中海に面する都市。

輪に突っ込んでくる」

なんとも油断のならない話にポカンとしつつ、俺はギヨメに苦笑いを返した。俺の地図のスペインは、ランプの光の下で、段々とおとぎ話の国みたいになっていった。俺は農家の夫婦、三〇匹の狂羊、小川など、避難所とトラップに×印を付けていく。俺は地理学者たちが見すごした牧童の娘に、本来あるべき場所を与えたのだ。


ギヨメと別れたら、凍てつくような真冬の夜道を歩きたくなった。コートの襟を立て、人の気も知らずに通り過ぎる通行人たちを脇目に、若造じみた情熱を胸に徘徊した。俺は胸の内に秘密を抱きつつ、この見知らぬ連中とすれ違うことに誇りを感じた。あの連中はこちらに見向きもしないが、明日の夜明けとともに、やつらの不安や情熱の詰まった郵便袋は、積み荷としてこの俺に委ねられるのだ。連中は自分たちの希望を、俺の手にうっちゃって不安から解放されているくせに……。

そんな風に俺がマントにすっぽり包まれて、あいつらの間を保護者然とした足取りで歩いてやっているのに、連中は俺の配慮なんてこれっぽっちも頭にない。

通行人は、俺にとって死活問題である初フライトに水を差すかもしれない吹雪が近づきつつあることや、星が一つ、また一つと消えていくことなど気付きもしないだろう。このメッセージを読み取れるのは俺だけだった。星々は戦いの前に、敵のフォーメーションを俺に教えてくれていた。

　といっても、俺がビビるほどの一連の暗号文を受け取ったのは、クリスマスプレゼントが輝いているライトアップされたショーウィンドウの前だった。まるでこの地球上の全ての財宝が並べられてるみたいだったが、それを見た俺は高飛車にも、諦めに満ちた陶酔を味わった。俺は瀕死の戦闘員だ、夜会用の煌《きら》めくガラス細工だのランプシェードだの本などに何の意味がある？　俺はすでに夜の霧にびっしょり濡れながら、定期航路のパイロットとして、フライトの夜の苦い果肉を噛みしめていた。

　目を覚ましたのは午前三時だった。俺はブラインドをさっと上げ、雨が降っているのを見てとると、むっつりと身支度をした。三〇分後には雨に光る舗道で、小さなスーツケースの上に坐って路面電車が来るのを待っていた。ついに俺の番だ。俺より前にどれだけの同僚たちが、この同じ刻《とき》を経験したことか。ひとり立ちの日にドキドキしながら、自分の出番を待ったことか。ようやく曲がり角から路面電車が姿を現し、時折ガタガタと音を立てていた。他の同僚のように車内に乗り込む段になると、寝ぼけまなこの税関職員と何人かの事務員に囲まれて、座席に収まる権利にあずかった。

車内は埃っぽい役所の匂い、人を人生に埋もれさせる古いオフィスのむっとする臭いがこもっていた。路面電車は五〇〇メートルごとに秘書を一人、税関職員を一人、検査官を一人と乗せていった。先に坐って居眠りしていたやつらは、乗車してきた連中の挨拶にもごもごと不満そうに答え、乗車した連中も席に無理矢理割り込むとすぐに居眠りを始めるのだった。いわばそれは、トゥールーズのデコボコな石畳の道を走る、ある種のおセンチな荷車みたいだ。定期便のパイロットも他の空港職員と混ぜこぜで、すぐには区別がつけられない……だが、ガス灯が次々と通り過ぎ、飛行場が近づけばこの古くてガタガタ揺れる路面電車は、灰色の繭《まゆ》だと気付かされる。じきに羽化して蝶になる男が、外に飛び立つ繭なのだ。

　上司のつっけんどんな態度を甘受する間は、まだ自分自身が雑魚みたいに思えるものだ。だがこんな朝を、同僚の誰もが一度は経験する。スペイン・アフリカ便の責任者としての自覚がむくむくと湧いてきて、三時間後にロスピタレート※12上空のドラゴンの放つ雷に立ち向かうだろう男に生まれ変わるのを。さらに四時間後には、そいつをブッ倒し、全権限をもって遠回りして海上に出るか、あるいはアルコイ※13山塊を真っすぐ突っ切るかを一〇〇パーセント自分の裁量で決め、雷雨や山、更に大洋などと渡り合うだろう男になるのだ。

　トゥールーズの暗い冬空の下で、人間たちの群れの中に埋もれながら、同僚の誰もが一度は感じたはずだ。自分の中の強者がデカくなっていくのを。

※12　スペイン・カタロニア州・バルセロナ県。
※13　スペイン・バレンシア州アラカント県。

五時間後には北方の雨や雪を後ろにうっちゃり、冬なんぞときっぱりと別れて、強者として、アリカンテの弾け飛ぶ真夏の太陽を浴びながらエンジンの回転数を落として、下降を始めるだろう。

あんな古くさい路面電車は今じゃ目にすることもないが、あのときのゴツい感じや居心地の悪さはいまだに思い出す。何もかも呆気にとられるくらい、すんなり行われてしまったけれど、あれは仕事の中で七転八倒して、俺たちが勝ち取るべき喜びの前準備のシンボルなのだ。思い返せば、それから三年後に俺の定期便の同僚の一人、パイロットのレクリヴァンという奴が、夜の濃霧の中フライトに出て死んだのも、ここでの十語にも満たない会話で知った。やはり早朝の三時だった。誰もが黙りこくってる中で暗くて見えないが、所長が監督に話すのが聞こえた。

「レクリヴァンは昨夜、カサブランカに着陸しなかった」

「はぁ」

と監督は答えてから訊き返した。

「はいっ?」

監督は夢から急に引っぱがされて、目を覚まそうとしつつ、やる気を見せるべくまたこう言う。

「ええ、はい、はい！　そりゃあ敵《かな》わなかったんですな。それで引き返したと?」

車両の奥で所長はただこう答えた。

俺たちの中でどれだけのやつらが、最後にこの連中に見送られて死出の旅路についたことか。（31頁）

「いや」と。

俺たちは二の句を待ったが、何もなかった。刻一刻と経つにつれて明らかになっていったのは、その絶対の「いや」という言葉には何も続きようがないし、レクリヴァンはカサブランカに着陸してないどころか、どこにも着陸することはないということだった。

そんなこんなで早朝、初の郵便飛行の夜明け、俺もこの業界の神聖なセレモニーに付き合わされつつ、車窓から街灯を映してキラキラ輝く舗装路を見ていると、なんだかソワソワしてきた。水溜りに風が吹いて、大きなヤシの葉の模様を描いているのが見える。

「デビューの日にこれかよ……マジついてねぇ」

そう思った。

俺がお目付役の上司に目をやり
「ひどい天気っすね」

と言うと、監督は疲れたみたいに窓を見やって、ついに
「どうとも言えんな」

とモゴモゴ言った。どんな前触れがあれば、天気が荒れると分るのだろうか。前の晩、ギヨメのニヤけた顔を見ただけで、凶兆は消し去ったのだが、先輩連中は俺たちをさんざんビビら

せていた。それが記憶に呼び戻されてしまった。

「自分のルートをつぶさに知りもしないようなヤツが、吹雪にでも遭《あ》ったらヤベぇよな。マジで同情するよ」

あいつらはプロの威厳を保つためだったのだろうが、頷きながら俺たちの顔をマジマジと見てくるのが、ちょっとウザかった。同情するような視線で——何も知らない腕白なガキを哀れむみたいに。

それにしても、雨の朝にいつも同じ無口な運転手に乗せられて、俺たちのうち何人がこの路面電車を最後に消息を絶った？　六〇人？　それとも八〇人？　俺は車内を見まわした。暗闇で光る点は、乗客たちがおのおの物思いに句読点を打つための煙草の火だった。月給取りの年寄りどもが、慎ましく瞑想している。俺たちの中でどれだけのやつらが、最後にこの連中に見送られて死出の旅路についたことか。

連中が小声で交わす内緒話が、俺の耳に入ることもあった。病気やら金銭問題やら世帯の深刻な憂い事などだったが、要はこの連中が幽閉されている牢獄の、色あせた壁についての打ち明け話だった。

すると、いきなり「運命」という問題が、俺の前に顔を出す。耄碌《もうろく》した勤め人どもよ、この場にいる俺の同類たちの誰も、あんたたちの〝脱獄〟を手伝うやつはいなかったのだろう、それはあんたたちのせいじゃない。あんたたちはシロアリのあけるような隙間から入る光までセメントで塞いで今の平和を築いてきた。ブルジョワの安心、地方生活の息詰まるルールやルーティーンに丸く収まってしまった。風や高潮や星に対して、貧弱な防壁を高めていったのだ。大事な問題には一切頭を悩まさないくせに、さりとて人間味のある環境に安住することも忘れられない。答えのない疑問には自問もしない。あんたたちはもはや、彷徨《さまよ》う惑星の住人なんかじゃなくて、トゥールーズの小金持なのだ。

手遅れになる前に、肩を揺すって気付かせてくれるようなやつは誰もいなかったのだな。今やあんたたちが捏《こ》ねている粘土は乾いて固まり、多分初めの頃にはあんたの中にも宿っていただろう、眠れるミュージシャンや詩人、あるいは天文学者なんかを呼び起こすことは、もうできないのだ。

叩き付つける雨に、愚痴を言うのはやめだ。二時間以内には仕事の魔法で別世界にまっしぐらだ。そこじゃ黒いドラゴンだの稲妻の青い髪を振り乱す山頂やらに、俺が戦いを挑む。そして夜が来て戦いが終わりゃ、星々を道しるべに進むだけだ。

こんな風に仕事の洗礼は行われ、俺たちの空の旅が始まった。フライトは大抵、滞りなく済んで、何事もなく俺たちの領域の深さまで、プロのダイバーみたいに沈んでいく。最近じゃこの分野は研究し尽くされているから、パイロット、整備士、無線通信士は危なっかしいフライトに悩むことなく、ただそれぞれの実験室に閉じ込もるだけだ。もはや、読むべきは眼下に広がる風景なんかじゃない、計器類の針なのだ。

外じゃ山が暗闇に沈んでいるが、そいつは山というより見えない力みたいなもので、どれくらい近いかを計算しなきゃならない。ランプの下で無線通信士は慎重に数字を書き込み、整備士が地図上で位置を確認する。そして実際の山の位置がずれていたり、あるいは左に避けようとした山稜が、隠密作戦ばりにひょっこり目の前に現れたなんてときに、パイロットがコースを修正する。

地上の夜間通信士も、同時に「零時四〇分、角度二三〇度、機内に異常なし」という口述を一語違わずノートにメモしていく。今のフライトの面子はこんなものだ。機内じゃ、まったく移動している感じがしない。夜の海に浮かんでいるみたいに、地上のあらゆる拠点からかけ離れちまってる。照らされた機内をいっぱいにするエンジンの振動のせいで機内の、物質に変化が生じる。時間がグルグル回る。知らぬ間に計器盤だの無線機など、計器の針の中で錬金術が進んでいく。一秒刻みの何気ない手の動き、押し殺した声、その集中はこの奇跡の瞬間のためだ。

だからその時が来れば確実にパイロットは額をフロントガラスに押し当てて見ることになる。虚無から黄金が生み出されるのを、航空灯火が黄金色に輝いているのを。

といっても、俺の僚友たちはどいつも、今から話すような困難な旅を経験してきているツワモノどもだ。目的地の空港まであと二時間ってところで、いきなり頭がクラクラするような光の中で、インドまで飛んでも感じないくらいに、自分がすごく遠くにいるみたいに感じられるのだ。そんな時は生きて帰れるなんてとても思えなくなる。

メルモーズという仲間が、水上飛行機で初の南大西洋横断をやった時のことだ。夕暮れ時に赤道低圧帯に差しかかったらしいのだが、やつの前に何本もの竜巻の列がだんだんと撚り合わさって、一つの壁を作っているのを見たらしい。だが夜になってその壁を作る準備中の竜巻も見えなくなったのだが、それから一時間も雲の下に潜り込んで飛び続けたら、夢とか幻みたいな王国がひょっこりと出現した。

海から直立するいくつもの竜巻が集まってきて、神殿の真っ黒の石柱みたいにビクともしない光景だったという。上端がモッコリ膨らんだ雲の柱が、低く垂れ込める真っ暗な嵐の丸天井を支えていたが、その割れ目から幾筋か光が漏れている。どうやらそいつは満月の月明かりで、石柱の間から冷たいタイルばりの海を照らしていたというアンバイだ。

メルモーズは照らされたところを伝ってウネウネと、人っ子ひとりいない廃墟の中を航行し続けることになった。巨大な竜巻の柱の中じゃ、海が猛り狂っているに違いないからそれを避けつつだ。こうして海上を照らす月明かりに沿って、神殿を四時間も飛び続けた。その出口めざしてな。あんまりこの光景のインパクトが強すぎて、メルモーズは自分がビビってる暇すらなかった。しかもそのことに気付いたのが、低圧帯を通り過ぎた後だったらしい。

俺にもそんな凪に、現実世界の境界からはみ出した経験がある。その晩は、サハラの空港から送られてくる無線方位測定が、まるでトンチンカンだった。おかげで無線通信士のネリと俺は、とんでもないヘマをやらかしてしまった。霧の切れ目のむこうで海が光ってるのが目に入ったので、俺は陸地へと急旋回したつもりだったのだが、知らずに沖に向けて突き進んじまった。しかも、どれだけ飛んだか分からないほど長くだ。燃料が足りないだろうから海岸へ辿り着けるかどうかも微妙だし、もし海岸に辿り着いても、そこから空港を見つけないと意味がない。しかも月は沈みかけていた。方角をこっちに伝えるはずの通信も来ないし、俺たちはもう耳が聴こえない状態だった上に、さらに目も見えなくなってしまった。雪の層みたいな濃霧の中じゃ、青白い残り火みたいな月なんざ全然見えないし、しかもすぐ近くの空は雲に覆われていた。こうなっちゃもう雲と霧の中、光もつかみ所も何もない世界を飛び続けるしかないだろう。

空港は俺たちの信号に応えてはくれるものの、こっちの位置測定を諦めやがったのか「測定不能……測定不能……」としか返ってこない。無理もない。測定しようにも、連中には俺たちの信号があっちこっちから届くものだから、どこからも来ないのと同じなのだ。

鬱になりかけていた俺たちの前に、急に明るい光の点が見えた。左の地平線上だ。超テンションが上がってきた俺に、ネリが鼻唄を口ずさんでいる。こりゃ中継基地に違いないだろう、絶対に空港のライトだ。だって夜のサハラ砂漠は、光るものなんてまるでない真っ暗で、バカでかい死の大地になるからだ。

だが、その光はしばらく瞬《またた》いた後にふっと消えてしまった。なんと俺たちは、星に向かって飛んでいたのだ。地平線に沈む前、霧と雲の間でほんの数分間だけチラリと出ていた星に。

その後も俺たちは、他の光が現れる度に淡い期待でそっちに機首を向けた。その光が長続きしようもんなら、のるかそるかの賭けに出た。

「視界に灯火発見」

と、ネリがシズネロス[※14]の空港に伝えてから指示を出す。

「貴港はいったん消灯した後、三回点滅せよ」

シズネロスはライトを明滅したということだが、俺たちが凝視しているおぼこの光は、ウインクひとつも返さない。まったく愛想のない星だ！

燃料が尽きているというのに、懲りもせず俺たちは何度も金の餌《えさ》に喰いついた。毎回、俺たちは本物の灯台の光だ、空港だと、これで生き延びたと信じた挙げ句、狙った星を変えるはめになった。そんなことを繰り返すうちに、だだっ広い宇宙空間を彷徨う迷子みたいになってし

※14　シジネロス……西サハラの都市（現在のダクラ）。当時はスペイン領だったが、航路の燃料補給のためフランスはここに基地を置いていた。

俺の中で生きる喜びを感じさせるものは牛乳、コーヒー豆、小麦のブレンドの香ばしくて熱い最初の一口だ。その一口を通して、俺たちが静かな牧草地、外国の農場や刈入れ時の畑とひとつになる。（38頁）

まった。近づけもしない星がごまんとある中、見つけるべきはお馴染みの風景や懐かしい家々、慈《いつく》しみのある本物の惑星だけのはずなのだが。

ここで俺が思い描いた「その惑星にしかないもの」のイメージをあんたらに話そうか、たぶんガキっぽいと思われるのがとどのつまりだろうけれど。

危険のまっただ中にあっても、俺たちは人間臭いところから抜けきれない。喉はカラカラ、腹はペコペコだ。シズネロスに着いたら、燃料を満タンにしてすぐ離陸、そうすりゃ、夜明けのすがすがしさの中でカサブランカに着陸できるはずだ。そこでやっとお役御免になる！

ネリと俺は町に繰り出して、早朝から開いている小さいビストロ[※15]でも探すか……リラックスした気分でテーブルに着いたら、熱々のクロワッサンとカフェオレを手に、のんきに昨晩のことを笑いとばすのだ。これが俺たちにとってはこの朝もらう、人生のご褒美だ。

百姓の婆さんたちは、聖像画《イコン》やちゃちいメダル、あるいはロザリオなどがないと神を信じない。それと同じで、俺たちにだってシンプルな言葉で話してもらわないと分らない。ひとことで言っちまえば、俺の中で生きる喜びを感じさせるものは牛乳、コーヒー豆、小麦のブレンドの香ばしくて熱い最初の一口だ。その一口を通して、俺たちが静かな牧草地、外国の農場や刈入れ時の畑とひとつになる。それからこの地球全部と、ひとつになるのだ。腐るほどある星の中で、夜明けに香りのいい一杯を見繕《みつくろ》ってくれるようなそんな惑星は一つしかない。

※15　小レストラン、スナック。

それなのに、俺たちの乗る飛行機と人間が生きる大地との乗り越えられない溝は、深まるばかりだった。宇宙の全ての富を封じ込めた一粒の惑星《ほこり》が、ごまんとある星々の世界で俺たちは迷子になったわけで、そいつを探す占星術師のネリはまだ星々に土下座し続けている。

急にネリの拳が俺の肩を叩いた。奴から手渡された紙にはこうある。

「万事順調。いい報せを受け取ったぜ」

俺たちを救うであろういくつかの単語を奴が書き終えるのをドキドキしながら待っていた。ついに俺は天の恵みを受け取った。

電報は前の晩に、俺たちが離陸したカサブランカからだった。転送に愚図ついたせいで、二〇〇〇キロ彼方の海上で雲と霧に挟まれて迷子になった俺たちに追い付いたのだ。カサブランカ空港のフランス政府の駐在員から送信されたメッセージだった。

「サン＝テグジュペリ殿、カサブランカ出立の折、御機は旋回の際、格納庫に接近しすぎた故、当方余儀なく、パリに貴殿への懲戒処分を申請するに至った旨を報告する」

俺が飛行機の旋回をしたとき、格納庫に近すぎたのは確かだった。この男が業務上でブチ切れるのは仕方がない。空港事務室内でだったら、大目玉を喰らっても、しおらしく甘んじていただろう、しかし、このメッセージはありえないタイミングで届いた。

まともに星もみえないうえに、分厚い濃霧の中、海上での一触即発の空気の中じゃ、いかにも場違いだ。俺ら自身が、飛行機の運命を賭けた瀬戸際で、息するだけで精一杯だというのに、この野郎は俺たちに対するつまらん憂さ晴らしをしている。

だがムカつくどころか、ネリと俺はいきなりハイな気分になった。ここじゃ、俺たちがボスだ。それをはっきりさせたいのさ。この男は伍長みたいなものだが、俺たちが大尉に昇格した腕章も見ていないとは？　俺たちが真面目腐って、おおぐま座や射手座などを行ったり来たりしている時に、こいつは俺たちの夢想を邪魔しやがったのだ。俺たちから言わせりゃ、気がかりなのはお月さんが、俺たちを裏切って隠れてしまったことだけなのだが。

こんな野郎をのさばらせている惑星よ、お前のとっととやるべきことは、星々の中で迷子の俺たちが、計れるように正しい数字を送ることだけだろう。それらもチャランポランときたら、しばらく黙ってるのが筋じゃねぇか。ネリが俺に書いてよこす。

「連中、こんな茶番につき合わせる暇があるんなら、まともにナビしやがれよな……」

「連中」というのは世界中の人間のことを意味していた。

議会も上院も海軍も軍隊なども、ついでに皇帝も全部ひっくるめて「連中」だ。俺たちにアヤをつけようなんて了見のこのメッセージを読み返しつつ、向きをあえて水星に狙いをつけた。

俺たちが助かったのは、ありえないような、ガチのマグレだった。もはやシズネロスにたどり着くあてもない。覚悟を決める時が来た。燃料が尽きるまで海岸線を一直線に飛び続けるしかなかった。何とか海に堕ちないでと願い、それを期待しつつも、トリックアートみたいな灯台に惑わされ続けてしまったせいで、いま何処にいるかも分らないし、運良く海岸にたどり着いたとしても真夜中に、しかもこの濃霧の中じゃ大惨事にならずに着陸するなんてほぼ無理だ。だが俺に選択の余地はない。状況がヤバいのは明らかすぎて、鬱になった俺は肩をすくめてしまった。ネリがメモを俺に手渡す。そこに書かれたメッセージが一時間前に届いていたら、俺たちは助かっていたのにな。

「シズネロスが俺たちを後方支援することになった。二一六度の方角を指示しているが、嘘臭えな」

シズネロスは闇の中から、しれっとその場に出てきやがって、もう逃げも隠れもしない。俺たちの左手にいるのが手に取るように感じられる。だったらどれだけ離れている？　俺はネリとちょっと言い交わして「どうにもならない」ということで一致した。

今さらシズネロスへ向かったら、海岸の手前でドボンしちまうかもしれない。ネリが返電した。

「残存燃料は一時間分のみ。方位九三度を維持する」

そうこうしているうちに、あちこちで空港が一つずつ目覚めているのがわかった。俺たちの会話にはアガディール[※16]の、カサブランカの、ダカールの声が混じり出した。各都市の無線局が

※16　アガディール、モロッコ大西洋岸の都市。

空港に号令をかけて各空港の局長はスタッフに指示を出したのだ。病人のベッドを見舞うみたいに、ポツポツと俺たちの周りに集まって来た。役に立たない厚意だが、厚意には違いない。愚にもつかない入れ知恵の、なんともお優しいことだろう！

急にトゥールーズがしゃしゃり出てきた。四〇〇〇キロもかなたのフライトの出発点のトゥールーズがだ。

俺たちの間に割り込んできて、前置きもなくいった。

「貴方の操縦機はF××× (もう登録番号は忘れた) では？」

「そうだ」

「ならば残存燃料は二時間分あるはず。御機のタンクは標準規格外だ。機首をシズネロスへ向けよ」

俺たちは職業《しごと》に促されることで、娑婆の風景を変容させリッチにする。定期便パイロットが見飽きた風景に新しい意味を見いだすには、本当はこんな危なっかしい夜を過ごす必要はない。乗客だったらうんざりするような窓の外の代り映えしない風景でも、乗組員には別物なのだ。地平線を塞いでいる雲塊は、ただの背景どころか、筋肉をビンビン刺激して、トラブルをぶつけてくるだろう。クルーはそれを見越して、待ったなしの言葉で乗員と雲の塊を結びつけるのだ。

たとえばそこに山頂が、まあ、まだ遠くだがあるとしよう。そいつがどんな面をこっちに向けるか？　月明かりの下だったら、それは便利な目印だ。だが自分のコースも修正できず、現在地を疑いながらパイロットが飛んでいるようだったら、山頂は爆弾に化けて夜中は危なっかしくて仕方がない。潮の流れにまかせて海面を漂う水雷が一つあるだけで、海全部に気を張っていないといけなくなるみたいなものだ。

それに海の見方だって変わってしまう。ただの旅行者には、眼下に隠れた嵐は見えていないはずだ。これだけの高見から見下ろしたら、波の高さなんか全然見えないし、無数の波しぶきだって止まっているようなものだ。せいぜい葉脈とか滲《し》みが浮き出た白いヤシの葉模様が、ジェルの上にぶち撒かれたみたいに見えるだけだろう。乗組員だったら、ここじゃ着水できないと言い切る。ヤシの葉が毒を溜め込んだデカい花みたいに見えるのだ。万事うまく行っていても、自分の持ち場のどっかを飛んでる間、パイロットにとって物見遊山なんてありやしない。

土地や空の色とか、波間の風が吹いた痕やら、黄昏《たそがれ》の金の雲なんかを愛《め》でるどころか、その意味を考え込んじまう。それは自分の縄張りを仕切ってる百姓が、土のいろんなサインから、春の訪れ、霜の危険、雨の予感などを見て取るみたいなものだ。プロの飛行機野郎も、雪やら霧の兆候から、あるいはお気楽な夜のサインを読み解いてゆく。パッと見、飛行機などの機械が、人間を自然から切り離したみたいに思えるが、実のところ、より厳しく人間を自然界の大問題にかち合わせることになる。嵐の空というドデカい裁きの場のど真ん中に立って、飛行機乗り一人が、自分の郵便物を守るべく、山と海と雷の原初の三大神に殴り込んでいく。

第2章　僚友たち

1

サハラ砂漠の不帰順地帯[※17]経由で、フランスのカサブランカ＝ダカール間のルートを確立したのは、メルモーズをふくむ俺の同僚たち何人かだった。当時のエンジンはお粗末で、故障も多くメルモーズがムーア人にとっ捕まることになった。

奴らはメルモーズをぶっ殺すのをためらい、一五日間も監禁した後、身代金と引き換えに解放した。するとメルモーズは、同じ土地の上をまた行ったり来たりしはじめた。

南米ルートが開通したときだって、いつも先頭を切っていたメルモーズは、ブエノスアイレス＝サンティアゴ[※18]間の調査を任された。サハラの上空に橋を渡した後、アンデス山脈の上空にも橋を架けてしまえというわけだ。高度五二〇〇メートルまで上昇できるマシンをあてがわれたが、対するアンデス山脈の峰々は七〇〇〇メートルを超える。というわけで、メルモーズは山脈の抜け穴を探すために飛び立った。

※17　当時、サハラはスペイン領になっており、植民地政策への抵抗運動が起きていた。抵抗運動の起こる地域一帯を「不帰順地域」といい、抵抗の主体を担ったのが現地イスラム教徒のムーア人であり、フランス人をも敵視していた。
※18　ブエノスアイレス、アルゼンチンの首都。サンティアゴ、チリの首都。

砂漠の次に、やつが喧嘩を売ったのは山だったわけだ。風でも吹けば雪のスカーフが舞う山頂だ。嵐の前には万物がシーンと静まりかえるが、その後ものすごい乱気流が襲ってくる。もし岩壁の間で乱気流に遭ったら、パイロットはある種のガチンコ勝負に追い込まれる。メルモーズは自分の敵の手を知るどころか、そんなエゲツない乱気流から生きて帰れるかどうかすら微妙なのに、挑戦を試みていた。

メルモーズは他の連中のために「やってみた」のだ。「やってみた」挙げ句、ある日自分がアンデス山脈にとっ捕まることになった。不時着したのが海抜四〇〇〇メートルの、それも垂直な岩壁に囲まれた窪地で、整備士と二人して丸二日も抜け出そうとスッタモンダしたが完全に詰んじまった。

それであいつらは最後の賭けに出た。飛行機ごとどん底にダイブしたのだ。でこぼこな斜面でガコンガコン振られつつ、飛行機は断崖絶壁からまっさかさまだ。

ところが幸運にも、落っこちてる間に充分なスピードが出て、また操縦ができるようになったので、メルモーズは真ん前の尾根ギリギリ手前で機体を持ち上げた。夜のうちに凍って破裂していたパイプのあっちこっちから水を噴き出して、飛び始めて七分後にはもう操縦不能に陥ったのだが、その時にはやつの眼下にチリの平原が広がっていた。まさに「約束の地」みたいに。

その翌日もまた、やつは飛び立った。アンデス山脈に隅々まで調査の手が入り、飛行技術が充分に練られたと見るや、メルモーズは自分の縄張りを僚友のギヨメにふって、夜間飛行に手を伸ばす。あの頃は空港に照明なんか設置されていなかったから、着陸地点には真っ暗な夜中でも、パイロットの目に付くようにショボいガソリン灯が三つ並べられていた。メルモーズはそれもやっつけて、ルートを切り拓《ひら》いた。夜を充分に手なずけると、今度は大洋にトライする。そうやって一九三一年には郵便物が、トゥールーズからブエノスアイレスへ、前代未聞の四日間で届けられるようになった。

帰り道、メルモーズは南大西洋の真ん中の大しけの海で、オイル系統のトラブルに遭ったが、一隻の船によって郵便物や乗組員らと一緒に救い出された。こうしてあいつは砂漠、山脈、そして夜や大海まで制覇していった。一度ならず、砂漠や山脈、更に、夜だの大海などにまぎれて見えなくなったが、それでも生きて戻るのは、また出発するためだった。

そのメルモーズも、一二年間勤務した挙げ句、最後に南大西洋を飛んだとき「右後方エンジンを切る」と短いメッセージを残して、その後、音信は途絶える。気にかけるようなメッセージじゃないが、音信不通が一〇分も続いたので、まさかと思ったパリ＝ブエノスアイレス間の無線局は、みんな警戒態勢に入った。日頃の生活だったら一〇分の遅れくらいどうでもいいことだが、郵便飛行の現場じゃ意味深なのだ。

　この死んだみたいな時間の中に、今のところよくわからない事件が隠れている。取るに足らないことか残念なことか、いずれにせよ何かが起こってしまった。運命は判決を下し、それに控訴すらできない。鋼鉄の手がフワッと乗組員どもを着水させたか、打ち砕いたかのどっちかだが、待つ俺たちにはそれが明かされることはない。

　俺らの中に、こんな苦しみをなめなかった者がいるだろうか？　だんだん望みが薄れて、手のつけようがない病気みたいに、みんなが押し黙っていく感じを。

　それでも俺たちは望みを捨てなかった。しかし、何時間か経ち夜が更けると、仲間が戻ってこないことを思い知らされた。あいつらが何度も往復した、あの南大西洋で眠ってしまったことを。メルモーズは刈り取った麦藁《むぎわら》を束ねると、畑の中でごろりと寝転ぶ農夫のように、自分の武勇伝の終わりに引っ込んだのだ。

　仲間がそんなふうに亡くなると、なんだかそいつの往生《おうじょう》まで、職業《しごと》の流れでやっているように思えてしまう。その方が少なくとも、とりあえずは家族にとっちゃ有体な死に方よりはダメージが少ないはずだ。奴が最期の「人事異動」で遠くへ行っちまって寂しいのは確かだが、飢えた時のパンほどはあいつのことが恋しくはならないのだった。

メルモーズは刈り取った麦藁《むぎわら》を束ねると、畑の中でごろりと寝転ぶ農夫のように、自分の武勇伝の終わりに引っ込んだのだ（48頁）

実を言えば俺たちは、ずうっと再会の時を待ち続けることに慣れっこになっている。というのも仲間の飛行機野郎は、パリからチリのサンティアゴまで、お互いに話もしない歩哨みたいに、それぞれ世界中に散らばっているからだ。散り散りバラバラになった同業ファミリーの面子がどこそこで顔を合わせるのは、それこそ旅の偶然のなせる技ということになる。カサブランカやダカール、あるいはブエノスアイレスなどで一晩の卓を囲めば、何年も宙ぶらりんだったお喋りをおっ始めて、遠い昔の思い出話でまたお近づきになる。それから俺たちはまた旅立つだろう。

地球は砂漠みたいでもあれば、緑豊かでもある。というのも、秘密の庭が隠れているからだ。そこにはなかなか入れないが、職業《しごと》が俺たちを引き合わせてくれる。いつも、もしくはいつか――。

自分の暮らしにかまけていると、仲間とは疎《うと》くなって連中のことは頭にもなくなってしまうが、あいつらはどこかにいる。どこだかは、よく分らないけれど。音も立てず、記憶にすらないが、それでも根っから義理堅い連中なのだ！　だから互いの道が交われば、やつらは喜びに満ちた面《つら》で、俺たちの肩をどついてくるだろう。そうよ、俺たちは待つことに慣れっこなのだ……。

だが、だんだんと分ってきてしまう。遭難した仲間たちの明るい笑い声を聴く機会は、もう二度とないということを。あの庭にはもう二度と入れないということを。こうして俺たちにとっての、悲痛とまではいかないが、ほろ苦い僚友の弔《とむら》いが始まるのだ。

　実際のところ、失われた仲間に代われるものなど何もない。昔からの飛行機仲間なんて、作ろうとしても作れないからだ。サシで過ごした山ほどの思い出が一番の財宝になる。ともども過酷な苦難に耐えて、腐るほどたくさん喧嘩もしたし仲直りもした、心も踊らせた。こういう男の友情は、二度とは作れないものだ。樫《かし》の若木を植えて、その葉陰で雨宿りしようとしてもすぐには無理なのと同じで――。

　それが人生なのだ。まず俺たちは、自分の人生を豊かにしていった。何年もかけてコツコツ木を植え続けても、いつか俺たちの骨折りをぶち壊し、その木が切り倒される年がやってくる。仲間たちの影が一つ、また一つと消えて、それに加えて自分も人知れず老いぼれるから、仲間の弔いはますます痛い。

　それがメルモーズや他の連中が残した教訓だった。職業《しごと》のすごいところは、何よりもまず人を結びつけるところだ。真の贅沢というのは本来一つしかない、〝人の輪〟ってやつだ。目に見えるリッチさだけ追って働けば、自分のぶち込まれる豚箱を作ってしまう。灰でできた札束抱えて、ボッチで引きこもることになる。人生で大事なものなんて、カネでは何も購《あがな》えないのに。

　忘れられない思い出をめくって、俺たちの過ごした濃い時間を洗ったら、大枚叩いても買えないものがあるはずだ。メルモーズみたいに、ともども辛苦を舐めて永遠に結ばれた漢《おとこ》の絆は金で買えるものじゃない。あの夜間飛行の夜と満天の星々、静けさ、何時間かの王様気分なんかも、やっぱり金では買えない。あるいは修羅場をくぐった後にしか現れないこの世の見たこともない相貌、あの木や花、そしてあの女たちや笑い顔、そして夜明けに俺たち飛行機野郎に投げ返された生命感にキラキラ輝いている出来事なんかもやっぱりカネじゃ買えないだろう。みんな俺たちへのおもてなしなのだ。

不帰順地帯で過ごした、ある晩のことを思い出す。

俺たちエアロ・ポスタル社三機のクルーは、夕暮れ時にリオ・デ・オロ[※19]の海岸に不時着した。まずは同僚のリゲルが連結ロッド（連接桿）の破断のせいで着陸して、次に別の同僚のブルガが、リゲルを乗っけるために着陸した。ところが、奴の機もまた、地上に釘付けになった。ちょっとした故障が原因だった。最後に俺が着陸した時には、日が暮れかけていた。ブルガの機を生かそうということになって、念入りな修理を施すために、日の出を待つことにした。

前の年に飛行機がトラブって不時着し同僚のグールとエラブルが、不帰順部族の連中にぶち殺されたのが、まさにここだった。今だって三百挺のライフルで武装した盗賊どもが、ボハドル岬[※20]のどっかで野営しているのも知っている。俺たち三機の着陸が遠くからでも見えただろうから、もう臨戦態勢に入っているかもしれない。俺たちは人生最後になるかもしれない寝ずの

※19　アフリカ西サハラ、当時、スペインの植民地。
※20　西サハラにある岬。

番をはじめた。

まずは夜営の支度だ。貨物室から五、六箱の商品の入った木箱を持ってきて、それらをカラにして丸く並べた。それぞれの箱の底には見張り小屋さながら、一本ずつ小さいろうそくの火を点《とも》して風の揺らぐにまかせる。こんなので砂漠のど真ん中、惑星の赤剥《は》げた外皮の上で、世界の始まりよろしく人気のないところに、俺たちは男の村を作ったのだ。

村の大広場に集まって、木箱が揺れる火影を投げかける砂地の一画で、俺たちはひたすら待っていた。俺たちを救う夜明けか、はたまたムーア人の襲撃か。その晩がクリスマスみたいなムードだったのは、何でなのだろうか？　俺たちは思い出を語り合い、ふざけ合い、そして歌った。俺たちはキッチリ用意した饗宴の時に劣らず、ハイテンションだった。といっても、そりゃ俺たちはこれ以上ないくらい惨めったらしいし、まわりには風と砂と星しかない。トラピスト修道会[※21]の坊主顔負けのストイックさだ。薄暗い砂のレジャーシートの上で思い出以外、何も持ち合わせない六、七人の野郎どもが、目に見えない財宝を山分けしていた。

俺たちはついに「出会えた」ってことだ。ずっと同じ道を並んで歩いてきても自分の沈黙の殻に閉じこもったり、当たり障りのない言葉を交わす程度だった。だがいつかは、一大事がやってくる。そのとき俺たちは肩を組み、同じ組織に属している実感が身にしみる。俺たちは他《ほか》の奴の内側に自分と共鳴する何かを見つけて、デッカくなるのだ。サシで見合って心から笑い

※21　カトリック系修道会の一つ。

合えるようになるのだ。釈放されたばかりのムショ帰りの囚人が、海の広さに感動するみたいに。

2

ギヨメよ、お前のことを話そうと思う。

だが、お前の肝っ玉や玄人《くろうと》としての腕前について、グダグダと並べ立ててウンザリさせるつもりはない。それとは別の、お前の冒険の中でもとびっきりスゴイのを披露する。お前の才能というのは、何とも言えない。

「生真面目さ」かもしれないが、それじゃピタッとこないな。なにせこの才能には、底なしの明るい笑いみたいな陽気さもあるからだ。それはまさに、大工が腰を据えて木片にサシで向き合い、それを撫で、大きさを計り、決して軽々しく扱わず、全力を注ぐ、あの才能だ。

以前、お前の冒険を褒めそやす記事を読んだことがある。俺はそこでの的外れなイメージに物申したいと前々から思っていた。記事の中でお前は、小利口な腕白小僧ばりの軽口を叩いていたな。最悪の修羅場のただなか、生死の境で中学生レベルのチャチャを入れるのが度胸だと言わんばかりに。これじゃあ、お前は分ってもらえないぞ、ギヨメ。

対峙する敵を前にお前が、それをおちょくろうなんて思うはずがない。お前はエゲツない嵐に遭ったら、ただこう言うはずだ。「スゲぇ嵐だ」と。お前はただそいつを受け止め、その威力を見きわめる。ギヨメよ、ここで挙げる俺の覚え書きがその根拠だ。

あの冬、お前がアンデスの横断中に行方をくらましてから、五〇時間が経っていた。パタゴニア[※22]の辺境からの帰り、俺はメンドーサ[※23]でパイロットのドゥレと合流した。

俺たちは手分けして、各々の飛行機で山々を五日間ぶっ通しで捜索し続けた。何も手がかりが掴めなかった。そもそも俺たちの二機じゃ、全然足りないって話だ。それどころか百の飛行部隊が百年間ぶっ続けで探索したって、七〇〇〇メートル級の峯がそびえ立つ、こんなだだっ広い山地を調べ尽すなんてどだい無理に思えた。俺たちは完全に望みを失っていた。密輸業者たち、日頃はたかが五フランのためにでも犯罪に手を染めるような悪党どもですら、救助隊を組んで山の支脈へ行くのはご免だというほどだ。

「俺らの命がもたないよ」

と奴らは言った。

「冬のアンデスから生きて帰れる奴なんざ、一人もいないんだから」

ドゥレや俺がサンティアゴに着陸する度に、チリの将校らも、俺たちに探索の中断を勧めてきた。

※22　アルゼンチンとチリにまたがる地域。
※23　アンデス山脈東麓。

「今は冬だ。君たちの同僚が墜落時に死を免れたとして、極寒の夜を生き延びることはできないだろう。夜の間に、人は氷になってしまう」と。

それでも俺たちは、アンデスのドデカい壁と柱の間を滑空し続けたが、お前を捜しているというより、むしろ雪の大聖堂の中のお前の遺体に黙祷している気がしたほどだ。そしてついに七日目、俺が捜索の合間にメンドーサのレストランで昼飯をかき込んでる時に、ひとりの男がドアを開けて短く叫んだ。

「ギヨメが……生きてる!」

それを聞いて、そこにいた見ず知らずの他人同士が、互いに抱き合った。

一〇分後、俺はルフェーブルとアブリの二人の機関士を乗せて離陸した。四〇分後、何故だか分らないが、お前を乗せてサン・ラファエル方面のどこかへ向かうとおぼしき車を見つけて、路面に着陸した。

そりゃぁ感動的な再会だった。俺たちは皆泣きながら、お前を固く抱きしめた。生き延びて、復活して、自分の身に奇跡を起こした張本人を。

その口から最初に聞き取れた口上は、見事な男の矜持《きょうじ》に満ちていたものだった。

「誓って言うが、俺のしたことはどんな動物でも真似ができないぞ」

後で事故について、語ってくれたよな。アンデス山脈のチリ側の斜面に、二日間で五メートルもの雪を積もらした吹雪が完全に空を覆って、パン・アメリカン社のパイロット達はＵターンしたくらいだったが、それでもお前は荒天の裂け目をめざして飛び立った。それでちょっと南に見えた裂け目を発見したが、これこそがトラップだったのだと。

お前は約六五〇〇メートルくらいの高度を保ったまま、高度六〇〇〇メートルあたりで留まる雲海を眼下にしながら、アルゼンチンに機首を向けた。雲海から顔をのぞかせているのは絶巓だけだ。

下降気流がパイロットに、ゾクっとした感じを与えることがある。モーターは回ってるのに機体は下降するし、いざ高度を保つために機首を上げようとするとスピードが落ちて、機体がグッタリしてしまう、その間も飛行機は、どんどん下降しちまうのだ。

機首を上げすぎたかとビビってハンドルを離して、右左にユラユラしてみる。トランポリンみたいに、風を受けてくれる山頂を背にするためだ。それでもやっぱり、飛行機は落ち続ける。空全体が落っこちてくるみたいだ。そうなると、ある種の宇宙規模のアクシデントに巻き込まれた気がする。

もう逃げられない。引っ返して、空気が支柱みたいに固くて密なところに回り込もうとするが、それも無駄だ。そもそも支柱なんてない。一切合切バラバラになって宇宙が崩れてく中、眼下の雲海に滑りこむ。のろのろ雲が近づいてきて、それに呑み込まれてしまう。

「危うく袋のネズミになってしまうところだったが、俺はまだ諦めていなかった」

と、お前は俺たちに言った。

「穏やかそうな雲の上で下降気流にぶつかることがあるが、あれはある一定の高さで雲が際限なく湧いてくるからなんだな。高い山の上というのは、何もかもイカレてるぜ……」

しかも、それがとんでもない雲だった！

「雲の中に入るが早いか、俺はハンドルも手放して、外に放りだされないようシートにしがみつくことになった。揺れがあんまりエゲツないから、シートベルトが俺の肩に食い込んでブチ切れそうだったくらいだ。おまけに氷結のせいで、計器盤の水平表示も当てにならない。俺は帽子みたいに、六〇〇〇メートルから三五〇〇メートルに叩き落とされた。

だが三五〇〇メートルまで落っこちたところで、横長の黒い塊がちらっと見えた。おかげで機体を立て直せたんだが、それがディアマンテ湖[※24]だった。俺はその湖に見覚えがあった。しかもその湖が、すり鉢の底に位置してるのも知っていたわけだ。斜面の片側が、標高六九〇〇メートルのマイプ火山に連なっているのだ。

いやはや雲からは解放されたはいいが、猛烈なブリザードであいかわらず一寸先も見えない。せり上がった山腹にぶつからないためには、湖を離れられない。なのでその周り、湖面

※24　アンデス山脈にあるカルデラ湖。

「雲の中に入るが早いか、俺はハンドルも手放して、外に放りだされないようシートにしがみつくことになった。……」（58頁）

の三〇メートル上を燃料が尽きるまで飛び続ける。二時間のメリーゴーランドのすえに、飛行機が墜落して横転した。飛行機から這い出るなり、俺は吹雪に吹っ飛ばされ、立ち上がってもまた吹っ飛ばされた。できるのは機体の下に滑り込んで、雪を掘って避難所にするのがせいぜいだ。俺はメールバッグにすっぽり包まって四八時間待った。やっと嵐が静まったところで、俺は歩き始めた。それから五日四晩も歩き通したんだ」

ときにギヨメよ、お前に残されたものは何だった？　俺たちはお前をお前だとは分ったが、真っ黒く日に焼け、干涸《ひか》びてババアみたいに縮こまってしまっていたな！　その晩、飛行機でお前をメンドーサに連れ帰り、香油を注ぐみたいに白いシーツを掛けてやったが、それでお前が癒《いや》されるはずもない。ズタぼろのガタイを持て余して眠ることすらできず、何度ものたうっていた。お前の体は岩や雪を忘れず、それらがお前の体に刻まれていた。

俺は打ち身の多い、熟れすぎた果実みたいなお前の膨《ふく》れて黒ずんだ面《つら》を眺めた。ヒドく不細工でショボくて、商売道具の手もかじかんで使い物になりそうにない。息をしようとお前がベッドの端に座った時だって、凍傷になった両足が分銅みたいにブラリと下がっていた。そもそも、お前はこの旅を終えていなかった。

息も絶え絶えに、安眠しようと枕の上で寝返りを打つ。だがその都度、抑えきれないイメージの連続、舞台裏で出番が待ちきれないその行列が、お前の頭蓋骨の下で蠢《うごめ》き出し、行進し始める。こうしてお前は、灰の中からよみがえる敵と際限なく闘い続けた。

俺はお前にハーブティーを入れた。

「飲め、ジジイ！」

「俺が一番驚いたのはだな……あれだ……」

試合には勝ったが、強力なパンチでズタぼろにされたボクサーであるお前は、自分の奇天烈な冒険を俺に再現するうちに、ちょっとずつそれから解かれていった。そして俺は、夜中に語られるストーリーの中で、まるでピッケルもザイルも食糧もないお前が、彷徨《ほうこう》するのを見ているみたいだった。四五〇〇メートルの山をよじ登り、マイナス四〇度の冷気で足や膝や手を血だらけにして、垂直の絶壁を這って進むお前の姿を。

徐々に血液や体力、そして正気までも空《から》にしつつ、お前は蟻の頑固さで進んだ。障害物を迂回するために来た道を引き返し、転んでも立ち上がり、断崖で行き止まりの坂道も何度も登り、それでも結局、最後まで一度も休息を取らなかった。雪のベッドで寝たら最後、目を覚ますことは二度とないからだ。

実際、転んだ時は石に変身しちまわないように、素早く体勢を立て直さないといけない。寒さでだんだんと体が硬くなっていく。転んだあと一分だって余計に休んじまえば、次に起き上がるにはコチコチで動かない筋肉を酷使せざるをえない。お前はあらゆる誘惑に耐えた。

お前は言った。

「雪の中では生存本能が失せちまう。特に二日、三日、そして四日も歩いた後には眠る事しか考えられなくなっちまうんだ。俺も眠りたかったぜ。だが俺は自分にこう言い聞かせたんだ。もし女房が俺はまだ生きていると信じていたら、生きて歩き続けていると女房が信じているとしたら、俺はその信頼に応えねばならない。仲間だってそうだ、あいつらだって俺が歩いていると信じているはずだ。あいつらが皆、俺を信頼してくれている限り、歩かなければ俺は意気地なしということになるんだ」とな。

お前は歩き続けた。そして、凍傷をおこして腫れた足が収まるように、ペンナイフの先で、毎日少しずつ靴に入れた切り込みを広げていった。

こんな謎の打ち明け話もしてくれたたな。

「一日目から俺の一番の苦労は、なんというか、何も考えないようにすることだった。肉体的に堪え難く苦しいのはもちろん、それ以上に状況がとてつもなく絶望的だった。歩く元気を出すには、自分の陥っている今の状況からいかに気を逸《そ》らせられるかにかかっていたが、

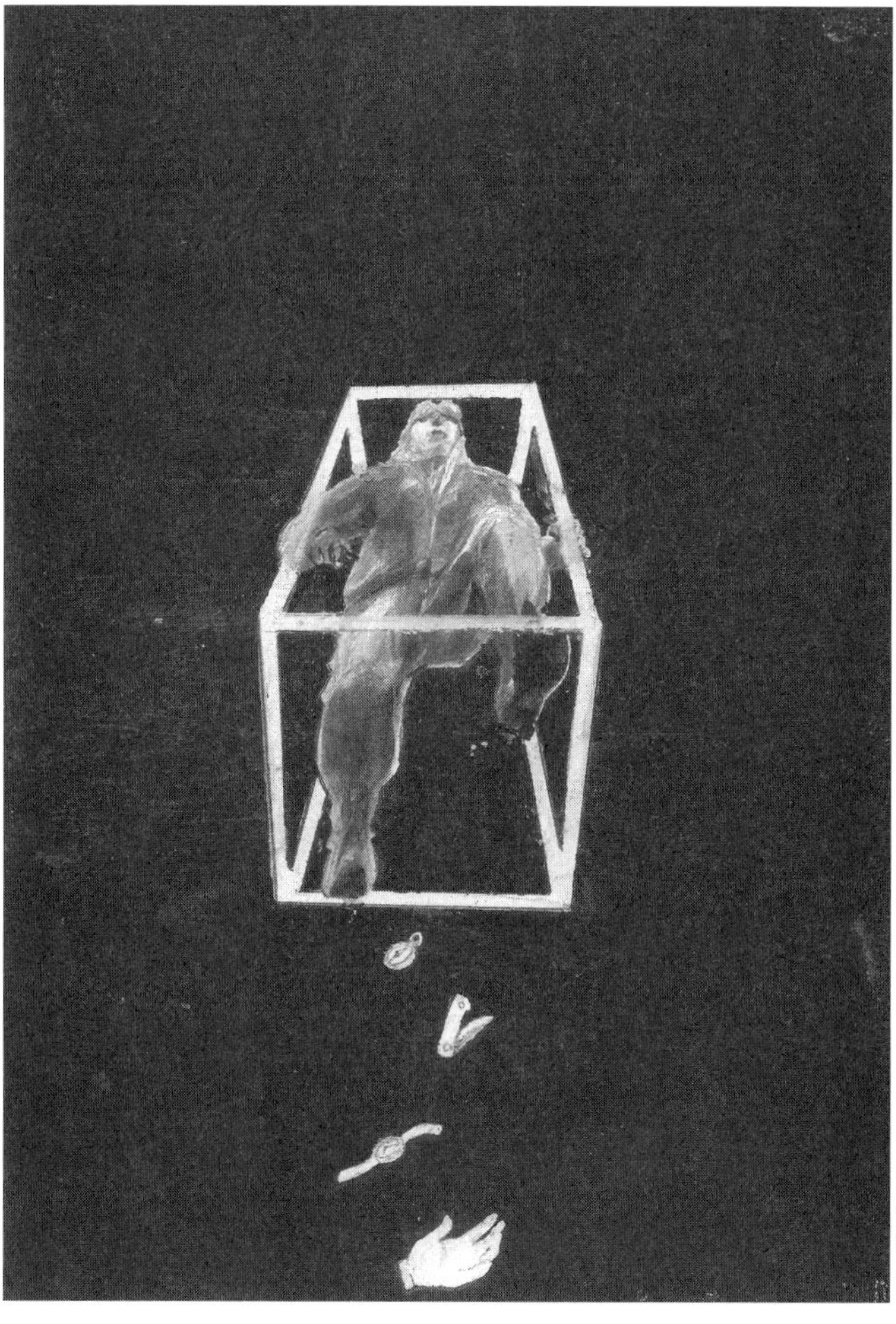

「……あいつらだって俺が歩いていると信じているはずだ。あいつら が皆、俺を信頼してくれている限り、歩かなければ俺は意気地なしということ になるんだ」とな。(62頁)

なかなかできやしない。

　それで俺は以前見た映画や読んだ本の内容を反芻し、気を紛らわそうとブチ込む、しかし、すぐまだ現在の状況に容赦なく引き戻される。そうなったら、また俺も自分の脳みそに別の思い出をブチ込んでやるんだ……」

　ただ一度、滑って腹這いに倒れたとき、雪の中でお前は起き上がるのをあきらめた。急に戦意を喪失して、別世界からこだまする最後の一〇カウントが聞こえてきた。ノックアウトされてしまったボクサーみたいに——。

「できるかぎりのことはやり尽くしたが、生き残れる可能性はまるでない。だったらなんで、こんなに苦しまないといけないんだ？」

　今いる世界に平穏が欲しけりゃ、ただ目を閉じりゃいいだけだ。そうすりゃこの世界から、岩も氷も雪もなくなってしまう。この奇跡のまぶたをちょっと閉じるだけで、衝撃も、滑落も、ズタズタの筋肉も、焼けつく冷気も、肉牛みたいに歩く身に戦車よりも重くのしかかる自分の命の重さも、何もかも失せちまう。

　そのとき、もうお前は毒されていた。モルヒネばりに、お前を快楽に満たす毒に。命は心臓の辺まで引き下がり、何か甘ったるくて大切そうなものが、自分の真ん中にうずくまってきた。獣みたいに七転八倒して、体はもう大理石みたいに何にも反応しない。意識が体からちょっとづつ遠のいていく。

　お前はもう、後ろめたさも感じなくなっていた。俺たちの掛け声すら、お前には届かない、夢の中の掛け声になっちまった。お前は楽しい夢の中を散歩しながら、軽々と大股で闊歩してその呼び声に答える。そこには奇麗な平原が広がっている。お前にとってお優しい世界になんともまあ楽々と滑り込んだものだ！　ギヨメ、しみったれが。お前は俺たちのところに戻らないと決めたのだ。

　罪悪感は、お前の意識の深みから忍び寄った。いきなり夢の中で、つまんないことだが、はっきりと浮かんできた。

「俺は女房のことを思った。俺の保険証券のおかげで、あいつには俺の死亡保険が下りるだろう。しかし、あれっ、その保険だけれど……どうなるだろう？」

　失踪の場合、死亡認定は四年後になるのだった。取るにたらないことだが、ポンと飛び出してきて、頭ん中の他の考えを吹っ飛ばした。おそらく雪の急勾配に突っ伏しているお前の屍は、夏が来たら泥にまみれて、アンデスに腐るほどあるクレバスの一つに転げ落ちてしまう。それはお前にも分っていた。ふと岩が五〇メートル先に突き出ているのが目に入る。

「立ち上がりゃ、もしかしてそこまで行けるかもしれないと思った。俺の体をあの岩に張り付けりゃ、夏には発見されるだろう」

いったん立ち上がると、お前は二晩三日歩いていた。

「リミットが近いのは分っていた、虫の知らせでな。その一つはこれだ。俺は約二時間ごとに立ち止まらなきゃならなかった。靴にちょっと隙間を開けたり、腫れた足を雪でこすったり。そうでなきゃ、ただ心臓を休めるためにも。だが最後らへんになると、記憶が飛んでいる。

歩き始めてずいぶんたってから、ハッと気付くのだ、何か忘れたってな。初めは片方の手袋だったが、こいつは洒落にならないぞ、なにしろ寒いからな。外して目の前に置いたのに、拾いもせずに立ち去ってしまった。次が時計だ。それからペンナイフ。それからコンパス。立ち止まる度にしみったれていく」

お前はさらに続けた。

「救いは一歩を踏み出すことなんだ。もう一歩。同じ一歩を繰り返す……。誓って言うが、俺のしたことは、どんな動物でもできなかっただろう」

俺が知るかぎり最も高貴で、人間と動物を格付けし、褒めたたえ、真の自然界のヒエラルキーを再構築した、このフレーズを俺は思い出し反芻していた。

お前はついに眠りに落ち、意識は停止したが、いったん目覚めりゃ、そのボロボロでしわくちゃで焼け焦げた図体から目覚めて、再び肉体を支配するはずだ。そうなりゃ、体なんぞは単なるよく出来た道具、あるいは下僕でしかない。とはいえ、ギヨメよ、お前はこの道具なりの

プライドを、言い表す術《すべ》も知っていた。いわく、

「想像はつくと思うがな、飯も食わず三日間も歩くと……心臓が弱ってくる……雪に足がかりになる穴を掘りながら、垂直な岸壁に宙吊りになって登ってる最中に、こともあろうか心臓が止まりはじめた。ちょっとためらって、また打ち始めて乱れ打つ。もしこいつが、一秒でも余計に躊躇していたら終わっていたな。俺は動かずに、内なる声に耳を澄ましたんだ。こんなの初めてだ。分るだろ？　飛行機の中でエンジンを頼りにすることはあっても、自分の心臓にすがったあの数分間ほどじゃない。俺は心臓に呼びかけた『オラぁ、頑張れ！　もう一度動きやがれ』……さすがは俺の上質な心臓ちゃんだ！　迷ったが、またきちんと動き出したぜ。俺がどんなに自分の心臓に鼻が高いのか、分るかな！」

俺が寝ずの看病をしたメンドーサの部屋で、ついにお前は荒い息で眠り始めた。俺は腹の中でこう思った。

誰かがこいつの勇気を褒めれば、ギヨメは肩をすくめるだろう。かといって謙虚さを褒めるのも違う。あいつはきっと、そんなつまらない美徳のはるか先にいる。もし奴が肩をすくめるとしたら、それは賢いからなのだ。一度だって面倒事に巻き込まれりゃ、人はもはやそれを恐れないと分ってるからだ。人をビビらせるのは、正体の分らないことだけだ。だが一度巻き込

まれちまえば、もうそりゃ知らないもんじゃない。特にそれをはっきりと意識して見つめればな。とりわけ、ギヨメの勇気は、奴の馬鹿正直からきているものだ。

だが、あいつの長所はそこじゃない。あいつが凄いのは、責任感があるところだ。自分に対して、郵便物に対して、それから奴に期待する仲間に対しての責任を、仲間の痛みや喜びを背負ってるところだ。人々の中で新しく作り出されるものがあれば、自分もそこの連中に加わって責任を持つことになる。職業《しごと》の範囲でだが、ちょっとは人類全体の命運を握っているのだ。

ギヨメは自分の枝葉で、地平線を覆い尽くすような、器のでかい人間の一人だ。人間であるということは、すなわち責任を負うということだ。自分のせいじゃなくても、貧困を見たら恥じらうこと、仲間の手に入れた勝利を誇りに思うこと、自分の持ち分の石を積んで、世界を建設するのに貢献していると感じることだ。

そんな連中は、とかく闘牛士やギャンブラーなどと混同されがちで、世間は彼らが死をものともしないと褒めそやす。だが死を軽視するのはバカげている。負った任務上、やむなくということでもないなら、そりゃ「若気の至り」とか「至らず」ってことの証しにしかならないだろう。

俺は若くして自殺した奴を知っている。失恋のせいで精神的に追い込まれて、注意深く心臓めがけて弾丸を発射したが、それがどんな失恋だったか全く思い出せない。どんな文学かぶれ

畑仕事はわにとって、たまげたいいごどだ。気も晴れ晴れするべ。わがおらんかったら、誰が剪定《きぎり》しべか？（70頁）

で白い手袋をつけていたかもわからないが、その残念な猿芝居を目にしたとき気高いどころか、むしろイタい感じだったのを覚えている。奴の愛すべき面《つら》の裏側、その頭蓋骨の中は空っぽだった。でなきゃ、奴と似たり寄ったりの、バカな小娘の面《つら》だけなのだ。

こいつのヤワな運命を前にして、俺は真の人間の死を思い出した。ある庭師の死だ。いわく

「旦那ぁ……畑を耕すのはゆるぐねえことだ。リウマチで足もわがんねえ。だすけさ、わはこの奴隷仕事を呪ったもんだべ。それが今だば、耕してぇ、地球の中まで掘りつくしてぇべ。畑仕事はわにとって、たまげたいいごどだ。気も晴れ晴れするべ。わがおらんかったら、誰が剪定《きぎり》しべか?」

庭師には耕すべき土があった。地球全部が耕すべき大地に思われたに違いない。彼はこの世のすべての土と、すべての木々への愛で結ばれていた。それこそ寛大で、気前のいい、偉大な本物の土地の長だったのだ！　彼こそ、世界の建設を名目に死に対峙する、ギヨメみたいに肝の座った人間だった。

第3章　飛行機

ギヨメよ、朝から晩まで圧力計を操作し、ジャイロスコープでバランスを取り、エンジン音をチェックし、一五トンの金属にへばりついて何か意味があるのだろうか？

お前が直面する問題は、つまるところ人間の問題だ。お前の仕事はすぐそのまま、登山家の気高さと同類なのだ。お前は詩人に劣らず、夜明けの兆しを味わうことを知っている。危ない闇夜の深みをさまようお前は、この淡い花束が顔を出すのを、つまり東からまっ黒い大地に差し込む朝日を、何度も待ち望んだに違いない。この奇跡の噴水は、時にお前の眼前でゆっくりと解けて、いったんは死ぬしかないと思ったお前を思いとどまらせた。

精密機器を使っても、お前はつまらない技術屋にはならなかった。思うにテクノロジーの進歩を警戒しすぎる連中は、目的や手段を本末転倒している。物質的な豊かさだけを夢見てもがいたって、実際には生きるに値するものはなにも得られない。機械は目的じゃないのだ。飛行機も目的なんかじゃなくて、鋤みたいな道具なのだ。

機械がダメ人間を作るって決めつけちまうのは、俺たちの経験したテクノロジーの進歩がエグすぎて、その成り行きを見極める間もなかったせいかもしれない。人類二〇万年の歴史からすると、機械が生まれてからたったの数百年だ。俺たちは鉱山だの発電所やらのある景色に踏み込んだばかりだし、建て終わってすらいないこの新しい家に住み始めたばかりじゃないか。それなのに、人間関係、労働条件、ライフスタイルなど、全部がめまぐるしく変わってしまった。俺たちの心理そのものだって、いちばん深い根っこのところで揺さぶられてしまった。

別れ、不在、距離、帰還といった概念は、言葉自体は変わってないくせに、言葉が示す現実は変わってしまった。だから今日の世界を捉えるのに、昨日の世界のためにつくられた言葉を使ってしまう。昔の生活が俺たちの性分に合ってるように思えるとしたら、それが俺たちの言葉に、よりしっくりくるってだけなのだ。何かが進歩するたびに、俺たちは慣れたライフスタイルの外に追い出される。まるで俺たちは自分の安住の祖国をつくれないでいる放浪の民のようだ。

俺たちは皆、新しいおもちゃに夢中な青二才の野蛮人というわけだ。俺たちの飛行機レースだって、他に何の意味もない。やれ高く昇るだの、やれ速く飛ぶだのに夢中で、何の目的で飛ばすのか、すっかり忘れてしまっている。今のところ勝ち負けが、本来の目的よりも注目されている。それは今に限ったことじゃない。帝国を作るために現地に送られた将兵にとっては、人生の意味は征服することになる。兵士どもは、すでに征服した土地に入植する者を軽蔑するが、本来征服の目標は入植者をきちんと住まわせることじゃないのか？

　進歩の熱に浮かされて、鉄道の敷設や工場の建設、油井の掘削などに人間が駆り出されたのもそんな感じだ。本来、俺たち人間に奉仕させるために、こういう仕組みを作り出したハズなのに、それを少し忘れてしまったのだ。征服を進める間は、俺たちの道徳は兵士の道徳だった。だが入植するべきは今なのだ。まだ顔のないこの新宅に新たな道徳の命を吹き込まないと。前は建てることが本懐だったが、本来は住むことが本懐なのだから。

　俺たちの家が、だんだん人間らしくなっていくのは間違いない。マシンそのものがより完全なものに改良されていくほど、自分の役割の陰に薄れていく。産業においての人間のすべての努力、あらゆる計算、図面を見ながらの徹夜作業の毎日が、一つだけの目に見えるシンプルさに辿り着く。円柱、船体、あるいは飛行機の胴体なんかにカーブをつけて、人体の乳房や肩の曲線みたいな根源的な純粋さを持たせるまでには、何世代も実験を繰り返さなきゃならなかった。見たところ研究所のエンジニア、製図技師、計算技師の仕事は、こんな風に胴部に翼がくっついてるのに、それが目立たず見えなくなるまで磨《みが》き、外して継ぎ目を軽くし、翼のバランスをとることだけみたいだ。つまり、混じりっけのみじんもない完璧に出来上がった形、ある種独りでに集まって奇跡的につながった形、一編の詩みたいなものなのだ。

　どうやら完成というのは、加えるものがないときじゃなくて、削るものがないときに近い。

機械というのは、進化の終わりに姿を隠しちまうのだな。だから発明の完成型というのは、その発明がないことと紙一重だ。道具だって目立った仕掛けがだんだん見えなくなっていって、波間で磨かれた小石くらい違和感のない物体が手元に届くことも驚きだが、使ってるうちに機械があることすら忘れていってしまうのが望ましい。

俺たちパイロットは、昔は複雑な工場みたいな代物を機上で扱っていた。しかし、昨今じゃエンジンが回ってるってことすら気付かない。やっとエンジンが回るっていう仕事を、ちゃんとこなすようになったということだ。いわば心臓が鼓動するみたいなもので、俺たちだってふつう、自分の心臓には注意を払わないからな。道具に注意を払わなくても良くなった俺たちは、道具を通して、庭師、航海士、あるいは詩人にとって、なじみの自然を再び見いだすことになる。

水上飛行機のパイロットが、離水時にぶつかるのは、水とか空気などだ。エンジンがかかるが早いか、機体は波面を切って進む。硬い波音が船体内で銅鑼みたいに鳴り響くと、パイロットは腰を揺らす振動で機体の状態を把握できる。水上飛行機がスピードを上げつつ、刻々とエネルギーをためているのを感じる。一五トンの物体の内で、水から飛び立つための成熟が用意されていくのだ。

パイロットが操縦桿を掴むと、少しずつ拳の中に、機体から伝わってきた力が満ちていくのを感じる。機体からのプレゼントがパイロットに伝わると、今度は操縦桿の金属性の器官が、

パイロットが操縦桿を掴むと、少しずつ拳の中に、機体から伝わってきた力が満ちていくのを感じる。（74頁）

彼の力を機体に伝える。力が全体に行き渡ると、パイロットは花を摘むよりスムーズな動きで機体を水面から浮上させ、大気中に解き放つのだ。

第４章　飛行機と惑星

1

飛行機が機械であることは間違いないが、なんともよくできた分析の道具だ！　スッピンの地球が見つけられたのも、こいつのおかげと言ってもいいだろう。

たとえば、道路というものは、何世紀にもわたって俺たちをちょろまかしてきた。自分の治世に臣民たちが満足しているか知ろうと、城下を訪れた女王がいたというが、それに似ている。廷臣たちは女王を騙すために、左右の沿道を楽しげなデコレーションで飾り、金で雇った踊り子にそこで踊らせた。自分の王国については、その細い通り以外には何も見ることなく、それ以外のだだっ広い農村で、飢えでくたばりかけている国民が女王を呪っていたことすら、知るよしもなかった。

こうして俺たちは、曲がりくねった道を歩いてきた。道路は不毛の土地やら岩だやら砂地やらを避けて人間様の求めに応じて泉と泉を繋ぐ。道路は百姓たちを納屋から麦畑に引き連れ、家畜小屋の入り口で寝ぼけ眼の家畜を受け取り、夜明けにそれらをシロツメクサの野に放つ。あの町とこの町を繋ぐ道があるのは、結婚式があるからだ。なかには砂漠横断の冒険に出る道路もあるが、オアシスとぶつかるように何回も遠回りをしなければならない。こんなふうに、道すがら俺たちは、一本一本の道の優しい嘘に騙されていた。灌漑《かんがい》されて潤った土地、掃いて捨てるほど果樹園や牧草地ばかり見ていたせいで、俺たちはずっと、監獄のイメージを美化してきた。俺たちはこの地球という監獄が、湿潤《しつじゅん》で愛情深いものだと思い込んでいたのだ。

だが、俺たちの視力は研ぎすまされ、容赦ない進歩を遂げた。飛行機のおかげで直線を覚えてしまった。離陸するやいなや、水飼い場や厩舎へと下る道や、町から町へとグネグネと蛇行する道が遠ざかる。それからは慣れ親しんだ隷属状態やら、泉に遠回りしなきゃならない必要からもおさらばした俺たちは、遠い目標に狙いを定める。そこで、この真っすぐなラインの上から、やっとこの星由来の岩盤とか岩や砂や、塩でできた地層が見つかるのだ。そういう地層にちらほらある廃墟のくぼみに、大胆にも苔みたいな生物が生えているのも、ちょっとは見つかるだろう。

ということで、俺たちは物理学者や生物学者に変身して、たまたま気候が合っていたのか、谷底を飾り栄えた庭園にも似た文明を調べることになった。つまり俺たちは、人類を宇宙スケールで計り、実験道具を使うように、飛行機の丸窓から人間を観察する。そして、それまでの自分自身の物語を読み返すことになる。

2

マゼラン海峡に向かうパイロットは、リオ・ガジェゴス[※25]の少し南で古代の溶岩流の上を通ることになる。

二〇メートルもの厚さの堆積物が、平野に重くのしかかっている。それから第二、第三の溶岩流を通った後地面の隆起に出会う。言ってみりゃ立ち並ぶ二〇〇メートルの乳首だ。その中腹にはどれも噴火口が覗《のぞ》いている。平野に大砲の口が並んでいるみたいな景色で、ベスビオス火山[※26]みたいな貫禄はない。今じゃこの辺は静まりかえっていて、かつて幾万の火山が火を吐きちらしながら、どでかいパイプオルガンをなり立てていたなんて信じられないくらいだ。俺たちは黒い氷に飾られて、黙りこくった大地を飛んでいく。

さらに遠くには、もっと古い時代の火山なんかもあるが、もう金色の草に覆われて、中にちらほら窪地から木が生えてはいても、それらは古ぼけた壺に生けた花そっくりだ。下草に覆われた平地が夕暮れ色に染まって、庭園みたいに乙に澄ましている。強いて言えば、膨らんでいるのはでかい喉《のど》みたいな噴火口のまわりくらいなものだ。やがてよく肥えた土が積み重なって、

※25　アルゼンチン南端の町。
※26　イタリア・カンパニア州にある火山。

そこに野うさぎも跳ねりゃ鳥も飛ぶ。やっと命が新しい惑星をゲットしたということだ。

プンタ・アレーナス[※27]のちょっと手前に、ここらで見られる最後の火山があるが、その口は塞がっている。切れ目ない芝生が山のカーブをまるっと覆っちまって、もはや平和そのものだ。どこかしこも、亀裂はソフトなリネンで縫い合わされている。地表はまるで整地されたかのように、斜面はなだらかで、どこにいるのかすら忘れてしまう。芝生が丘の中腹の汚れた古傷を消し去ったのだ。

ここでやっと、世界最南端の街の登場だ。それは原初の溶岩と南極の氷河の間に残った、小さな泥から辛うじて生まれた町だ。黒い溶岩流を間近で見たら、ここに人がいるということが、ますますありえないことに思える。まったく奇妙な鉢合わせだ！　しがない旅人である人類が、こんな風に設《しつら》えられた庭園をどうやって、どうして訪れるのかなんてまるで想像もつかない。地質学的にいわせりゃ、すべての日々の中の祝福された、ほんの一日だけだというのに――。

夜の穏やかさの中で、俺は着陸した。プンタ・アレーナス！　俺は噴水を背にして、若い女たちを見ている。彼女たちのエレガントな肢体の近くだと、人間の謎がますます身にせまる。命と命は互いによくドッキングして、風に巻かれて花と花がもつれ合い、白鳥は他の白鳥同士通じ合っている。人間だけが自分の孤独を聳《そび》えさせている。精神というやつのせいで、人間同

※27　チリ最南部にあるチレーナ州の都市。

プンタ･アレーナスのちょっと手前に、ここらで見られる最後の火山があるが、その口は塞がっている。切れ目ない芝生が山のカーブをまるっと覆っちまって、もはや平和そのものだ。(80頁)

士がどれだけ遠ざけられたことか！　俺から若い娘を隔てるのが彼女の夢だとしたら、夢の中まで入っていくことなんて、どうすればできるだろうか？

目を伏せて、自分自身に微笑みながら、とぼとぼと家に帰る、まやかし《フェイク》と優しい嘘にまみれきった小娘のことなんて、俺に何が分るというのだ？　彼氏の意見や声、そして沈黙やらをネタに、自分の王国をでっち上げたはいいが、それ以来この女にとっては彼氏以外の全ての男が野蛮人になってしまった。秘密や習慣、そして思い出の中に響くこだまやら、この女はそういったものに、他の惑星に閉じ込められるより厳重に閉じ込められてるみたいだ。つい昨日、火山やら芝生だの海の塩水などから生まれたばかりだというのに、こいつはもう半ば女神様気取りでいる。

おお、プンタ・アレーナスよ！　俺は噴水を背にしている。老婆たちが水汲みに来ている。連中の人生のドラマの中で、俺はこの召使いの仕草しか知らないで終わるだろう。首を壁にもたれた子供が声もなく泣いている。俺の記憶の中じゃ、こいつは永遠に慰められない可愛い子供でい続けるのだろうな。俺はガイジンだ。何も知らないし、連中の帝国には踏み込まないつもりだ。

人間の壮大な憎悪や、友情、そして歓喜を演じる舞台にしては、なんとしょぼいデコレーションなのだろう！　冷めきってもいない溶岩の上で、いつか襲ってくるに違いない土砂や豪雪などにビビリつつ、人間というのは永劫の感覚をどこから引っ張り出してくるのだろう。奴らの文明なんて、所詮ペラペラの金メッキだ。火山が噴火すれば、文明なんて消し去ってしまうじゃないか。もしかしたら、新しくできる海のせいかもしれないし、あるいは砂嵐のせいかもしれないけれど。

この街は一見、本物の土壌に建てられているみたいだ。パリ郊外のボース平原みたいに、地下深くまでみっちりと土が詰まった土壌に建っているみたいだ。俺たちが生活するということはここでも他でもそうだが、贅沢なんだということが忘れられている。人間の足下に土が深くまで続いている土地なんて、じつはどこにもないのだから。俺はプンタ・アレーナスから一〇キロのところにある池で、それが実感できるのを知ってる。発育不全の木々や低い家々に囲まれて、農場の中庭の水溜りみたいにこじんまりとしているくせに、この池ではどういう訳か、汐の満ち引きが起きているのだ。

湖畔の葦やら遊ぶ子どもたちなど、平穏極まりない現実の中で、昼夜問わずノロノロと呼吸を繰り返しながら、池は別の法則に従っている。スベスベの湖面、動かない氷、ボロボロの一艘の小舟の下で、月の引力が作用する。海洋の渦が、黒く淀んだ水底に作用する。草や花の薄い層の下で、ここからマゼラン海峡まで、意味不明な消化が続いているのだ。誰もがみな、これこそ住むべき場所で、人間様のための土地にしっかりと立てられた街だと思い込んでいるが、その実、街はずれの幅一〇〇メートルのこの池は、海の脈動を打っている。

3

俺たちは、彷徨《さまよ》う惑星に住んでいる。たまに惑星の起源が垣間見えることがあるのは、飛行機のおかげだろう。たとえば月のせいで潮汐《ちょうせき》の起こるのが明らかになったみたいな例は、他にも知っている。

ジュビー岬[※28]=シズネロス間のサハラの海岸をダラダラと飛んでると、円錐台の形をした丘をいくつも見かける。その幅は数百歩くらいのものから三〇キロメートル台のものまでいろいろあるが、高さは常に三〇〇メートルとみんな同じだ。そして高さが同じな上に、同じ色味、砂の肌理《きめ》も同じな上に、崖の形状もそっくりなのだ。砂漠からちらりと頭をのぞかせる一本の神殿の柱で崩れた祭壇が、どれほどだったか分るみたいに、砂漠にポツポツ立っているこの柱は、もともとこれらが一つながりの地形だったことの証拠なのだ。

カサブランカ=ダカール間の定期便開通の初年度は、飛行機の機器系がお粗末すぎてやれ故障だ、捜索だ、救助だのと、俺たちは不帰順地域に着陸せざるをえなかった。だが砂地というのは見かけによらない、硬そうに見えてタイヤがズッポリとのめり込んでしまうのだ。製塩

※28　スペインの大西洋に面した岬。

所の跡地なんかはアスファルトくらい固そうに見えるし、歩けば踵がカツカツ鳴るくらいだが、そのくせタイヤの重みに耐えられず表面が砕けてしまう。すると白い塩の層が裂けて、下には真っ黒な沼の悪臭が立ち上る。そんなわけで、俺たちは状況が許すかぎり、着陸地にはあの砂柱の上の滑らかな上面を選んだ。そこにはトラップは隠されていないはずだ。信頼の理由は大量の小さな貝殻の堆積物でできた、硬くて粒の荒い砂粒のせいだった。丘の表面じゃ、貝殻はまだ原型を保っていたが、丘の縁を下るにつれて細かく砕けて凝集《ぎょうしゅう》しているようだ。一番古い堆積物である丘の基部じゃ、貝殻はもはや純粋な石灰岩と化していた。

そういえば、同僚のレーヌとセレが不帰順部族に拉致された時、俺は使者として送り込むムーア人を下ろすために、この避難所のひとつに着陸して、そいつが丘から降りられそうな道を一緒に探してやったことがあった。なんと俺たちの降り立った高台は、周りがことごとく垂直に切り立った崖だった。崖の縁からは緞帳《どんちょう》みたいな襞《ひだ》が暗闇に伸びているから、脱出は不可能なのだ。

だが他の着陸地点を探すために飛び立つ前に、俺はしばらくここに留まった。というのも、獣も人も未だかつて汚したことのない領域に自分の足跡を残したことで、ガキっぽい喜びを覚えていたから。どんなムーア人でもこの城塞《じょうさい》を襲撃できなかったし、いかなるヨーロッパ人も、この領土を冒険したことがなかった。俺は限りなく清らかな砂地を大股で歩いた。俺こそがこの貝殻の粉を貴重な砂金みたいに、掌から掌へと落とした最初の男だった。最初にこの沈黙を破った男になったのだ。俺こそが、言わば太古から草一本生えたことのない、極地の氷山の上に風で運ばれた一つの種みたいなものだった。つまり最初の生命の証拠だ。

すでに星がひとつ輝いていた。俺はその星を見つめながら、この白い高台が何十万年もの間、星だけに捧げられてきたことを想像した。澄み切った夜空の下には、純白のテーブルクロスが広がっている。俺は大発見を目の前にしたみたいにショックを受けた。というのも、俺の足下から数十メートル先、白い砂地の上に黒い小石が落ちているのを見つけたからだ。俺は三〇〇メートルもの厚さの貝殻の堆積の上にいた。このでかい基盤全体が揺るがぬ証拠として、ここに石があるということを否定していた。地球の消化作用が緩慢な地下深くだったら、そこで生まれ、まだ眠っている燧石《すいせき》もあるかもしれないが、このあまりに新しい地層にこの燧石が持ってこられたというのは、奇跡でもなかったらありえない。ドギマギしながら俺は発見したものを拾い上げた。硬質で黒く、拳くらいの大きさで、金属並に重い水滴型の小石だった。

リンゴの木の下に張られたテーブルクロスにはリンゴしか落ちてこないし、星の下に張られたテーブルクロスの下には星屑しか落ちてこない。未だかつてこんなに出所の確かな隕石はなかった。ごく当たり前だが、俺は頭を上げると天上のリンゴの木から、他にもりんごの実が落ちたに違いないと思った。というのも、何十万年もの間、それを妨げることのできる奴はいな

リンゴの木の下に張られたテーブルクロスにはリンゴしか落ちてこないし、星の下に張られたテーブルクロスの下には星屑しか落ちてこない。（86頁）

かっただろうし、それに他の鉱物に紛れ込むこともないはずだ。そう思い立つが早いか、俺はすぐにこの仮説を確かめるべく調査に取りかかったが、それは正しかった。一ヘクタールあたり、約一つの割合で隕石が採れた。練った溶岩みたいな見た目で、黒いダイヤモンドばりに硬い。ということで、凄まじい時間の早送りをしつつ、俺は星の雨量計の上からゆっくりと流れ落ちる火の雨を眺めていた。

4

だが、いちばん凄いことは、俺という人間の意識がここにこうしてあることだった。惑星の丸い背中の上で、隕石を引き寄せるシーツと星々の間に立った俺の意識が、この星の雨を鏡よろしく映し出したのだ。鉱物質の基盤の上の夢想、それは奇跡なのだ。

そして俺はある夢を思い出す。別の時だったが、分厚い砂に覆われた地域に不時着したことがあって、俺は夜明けを待っていた。金色の砂丘があって、月には明るい斜面を見せているが、暗い方の斜面は光の境界線ぎりぎりまで迫っている。この月光と影の織りなす無人の工事現場で、ひと息した仕事の安心と、罠が仕掛けられているのではないかと思わせるような静けさに抱かれつつ、俺は眠りに落ちた。

目覚めて目に入ったのは、夜空の水面だけだった、というのも俺は、砂丘のてっぺんでこの星たちの養魚池に仰向けになって、大の字に寝ていたから。水深は見当もつかないので、俺はめまいに襲われた。この池の深みとの間には、体を支える木の根っこも枝葉もなければ、屋根もない。いつの間にか命綱すらなくなって、俺は素潜りの選手みたいに水底に沈んでいった。いや、違う、落ちてなんかいなかった。首の後ろから踵《かかと》まで、俺は自分がつま先からてっぺんまで、地面に縛り付けられていることに気付いたのだ。俺は大地に体を委《ゆだ》ねることに安らぎを覚え、重力が愛みたいに絶対的なもののような気がした。

地球が俺の腰を支え、体を支え、持ち上げ、俺を夜空に運んでいくみたいに思えた。惑星に押し付けられる感覚というのは、方向転換した車の中で座席に押し付けられるのと似ている。俺は最高の防壁である大地の、硬さや安定感をしみじみと感じながら、体の下に俺のクルーズ客船〝地球号〟の丸みのある甲板を想像した。

俺には運ばれている感覚がはっきりとあったので、大地の奥底から、自己調整に骨を折る装置の文句や、漁港へ戻る古い帆船のうなり声、あるいは向かい風に揉まれた艀《はしけ》が軋む音などが聞こえても驚かなかっただろう。だが、俺の肩にかかる大地の重みは、いつまでも同じように続くみたいに思われた。俺はこの母なる惑星に生きているのだ。まるで鉛《なまり》のおもりと一緒に海の底に沈められた、ガレー船の奴隷どもの屍《しかばね》みたいに。

俺は自分の身の上を振り返った。砂漠で迷子になって、叛乱分子の襲撃にビビりつつ、砂漠と星々の間で裸も同然で横たわってる自分の身の上を。自分の生活圏からは遠く引き離されちまい、その間に無駄に静けさだけが広がっている。通りがかった飛行機に見つけられなかったら、あるいは明日にでもムーア人にぶっ殺されるでもなけりゃ、俺は何日でも何週間でも何ヶ月でも待つだろう。ここじゃ俺はオケラだ。俺はただ自分が息をしてることにホッとする、砂漠と星々の間を彷徨う死に損ないでしかない。なのに俺は、ひっきりなしに夢を見ていた。夢は湧き水みたいに音もなく近づいてきたので、はじめ俺は自分の内を満たす気持ち良さがどういうものかよく分からなかった。声もきこえないし、姿も見えないのに誰かそこにいて、すごく親しい親友みたいな感じだ。しかもちょっと先が読める気がした。じきに俺はそれが何なのか合点がいったので目を閉じて、思い出の楽しさのなすがままになったものだ。

それは黒い樅《もみ》や菩提樹《ぼだいじゅ》が生い茂る庭、お気に入りの古い家だった。その家が俺の今いるところから遠かろうが近かろうが、夢の役に甘んじて俺の体を暖めなくても住めなくてもどうでもいい。とにかくその家がリアルのままに、この夜をいっぱいにするためにあるだけで充分だった。俺はもはや、砂浜に打ち上げられた土左衛門じゃない、自分の居場所を見つけたのだ。

俺はその家の御曹司だった。家の匂いやら玄関ホールのヒヤっとした感じ、家の中を活気づけるたくさんの人の声なんかの思い出が、盛りだくさんにせまってくる。池にいたカエルの歌まで聞こえてきた。俺が自分のことを知るにはヒントが必要だった。ここの砂漠の感じの何が物足りないのかが分るのに、ヒントが山ほどいるのだ。カエルどもすら歌わない、この沈黙の中の沈黙が何のためなのか、分るヒントが。

もう俺は砂と星の間にいるのではなかった。まわりの風景からは、乾いたメッセージしかもらわない。俺は風景を見て感じたと思っていた永劫の感覚も、どこから来たのかが分った。目に浮かぶのはあの古くさい家の、物々しくて、でかい戸棚だ。扉からは畳まれた、雪みたいな純白のシーツが覗《のぞ》いている。まるで凍った万年雪だ。年寄りの家政婦が、ネズミみたいにちょこまかと駆け回りながら、戸棚をひとつずつチェックして、洗濯したシーツを広げたり畳んだり数えたりしている。この家の永遠性を脅かすほつれを見つけるたびに「なんてことかしら！困ったわ」と叫びながら、駆け込むが早いか、睫毛《まつげ》を焦がすほどランプに額を近づけて、これら祭壇布の横糸を繕《つくろ》い、三本マストの帆を修理しながら、神様だかフェリーだか、とにかく自分よりもでかい何かに奉仕していた。

そうさ！　俺はあんたのために、ページを割こう。俺が最初のフライトから戻ると、老マドモアゼル※29は針を片手に白い布に膝まで埋もれていた。年ごとに皺や白髪が目立つようになったが、それでも俺たちの眠りのために折れ目のないシーツを手に用意していてくれた。そしてク

※29　サン＝モーリス・レマンスの屋敷の家政婦、マルグリット・シャペイ

リスタルグラスと光のパーティーみたいな俺たちのディナーのために、縫い目一つないテーブルクロスも。

俺はあんたの持ち場の洗濯室までわざわざ会いに行って、あんたの前に座り、俺の命懸けの仕事について語った。あれはあんたのハートを揺すぶって世界に目を向けさせるため、あるいはあんたの関心を買おうとするためだった。それなのに「ちっとも変わってないのね」とあんたは言った。そういやぁ、ガキの頃、俺がよくシャツに穴を空けてきたときも、膝を擦りむいて包帯をしてもらったときも、今夜みたいに「困ったわね」と言っていた。いやいや、ちょっと待ってくれ、マドモアゼル！ 俺が戻ってきたのは、庭の奥からじゃなくて世界の果てからなのだ。苦みに満ちた孤独の匂いや、砂漠の竜巻など、目も眩むような熱帯の月を携えてな！

「もちろんよ」

とあんたは言った。

「だって男の子は走って骨を折ったりして、自分がとっても強いと思っちゃうのよね」

いやいやいや、だから、マドモアゼル、俺が見てきたのは、この裏庭よりも遠いところなんだって！ 庭の藪陰《やぶかげ》なんかどうでもいいんだ！ 砂漠とか岩山とか、原生林とか、巨大な沼地に比べたら、あんなのはないみたいなもんじゃないか。原住民どもが出会いがしらに、ライフルを突きつけてくる場所なのだ。凍りつくような夜に、俺がこうやって寝ている砂漠を知って

俺が最初のフライトから戻ると、老マドモアゼルは針を片手に白い布に膝まで埋もれていた。(91頁)

るかい？　屋根もなく、ベッドもシーツもないのだよ、マドモアゼル。

あんたはこう言うのさ。

「まあ！　野蛮人ね」

教会の尼さんを改宗できないくらい、マドモアゼルの信念も揺るがなかったが、こうなりゃ盲で聾に甘んじる老家政婦のしがない運命を哀れむしかなかった。

だが砂と星の狭間に、裸同然で夜のサハラにいると、あのマドモアゼルが正しかったんだと思い知らされる。俺の中で何が起きてやがるのだ。あんなに腐るほどの星が磁力で引き寄せてきているのに、重力が俺を地面に引き止めている。別の引力が俺を俺自身に連れもどす。俺の体の重みで、あらゆる思い出に引っぱられるみたいな感じだ！　こんな砂丘よりも、この月なんかよりも、ここにある有象無象よりも、俺の夢の方がリアルなのだ。

ああ！　家のありがたいところは、雨風を凌《しの》いで暖めたりすることでも壁を持ってることでもない。俺たちの中にホカホカした気持ち良さを、ゆっくりと溜《た》め込んでいってくれるところなのだ。心の奥底に、夢が湧き水みたいにコンコンと湧いてくる、人知れない塊を作ってくれることなのだ。

サハラ、俺のサハラよ、お前は糸をつむぐ一人の女に、身も心もお熱なのだ！

第5章　オアシス

砂漠については腐るほど話したから、また砂漠の話をする前にオアシスについて語ろう。俺の脳裏に浮かぶのは、サハラ砂漠のさいはてのオアシスなんかじゃない。飛行機のもう一つ神がかったところは、俺たちを神秘のど真ん中にぶち込むことだ。

俺たちは人間の蟻塚を研究する生物学者さながらに、野辺の養分を動脈みたいにドクドクと送る道路を飛行機の窓から見ている。放射状に延びる道路の真ん中の街を、ドライな気持ちで見つめている。だが高度計の針が一揺れすると、眼下の緑の茂みがたちまち一つの世界になってしまう。そして静かな庭に降り立ったら、そこの芝生に捉《とら》えられちまうのだ。

距離では、物事の隔たりは計れない。だって中国の万里の長城の中よりもたくさんの秘密が、俺たちの家の庭の中に隠されているかもしれないし、少女の内面を守る沈黙のほうが、オアシスを閉ざすだだっ広い砂漠なんかよりも鉄壁だ。

世界のどこかに、俺がちょっとだけ立ち寄った時の話をするか。

それはアルゼンチンのコンコルディア[※30]の近くだったが、そんなことは他の場所でも起こりうる。信じられない話なんか、いたるところにあるのだから。

畑に不時着したのだが、まさか俺がおとぎ話の中に入ってしまったとは思わなかった。俺を乗っけてくれた古くさいフォードも、俺を迎えた大人しい夫婦も別段変わったところはなかった。

「今夜は我が家にお泊まりなさい……」

道を折れて、月明かりを浴びる木立を抜けるとその家があった。なんともおかしな家なのだ。ずんぐりしていてでかい城塞みたいだ。入口のポーチを抜けたとたん、修道院さながらのセキュリティで、落ち着ける平和そのものの隠れ家だ。

そこへ若い娘が二人現れた。彼女たちはまるで禁断の王国の入国を審査する役人よろしく、俺をジロジロと見てくるじゃないか。小さい方が膨れっ面で、生木の棒切れで床と叩いた。そして二人は妙に粋がった感じで、無言で俺と握手してどこかに行っちまった。

なんだか興味も沸いた。内輪ネタの最初の一言みたいに簡単で寡黙《かもく》で、あっという間の出来事だった。

親父はただ「まあ、難しい年頃なんでね」とだけ言った。

こうして俺は迎えられた。パラグアイ[※31]にいたころ、首都の石畳の隙間から覗いている皮肉屋

※30 アルゼンチンの北東部の都市。
※31 南米中央に位置し、北部はボリビアと、東部はブラジルに接し、南部及び西部でアルゼンチンに接する。

なんともおかしな家なのだ。ずんぐりしていてでかい城塞みたいだ。入口のポーチを抜けたとたん、修道院さながらのセキュリティで、落ち着ける平和そのものの隠れ家だ。（96頁）

の草が好きだった。そいつらは目に見えなくても存在する原生林からの斥候(せっこう)で、相変わらず人間どもが町を牛耳ってるが、そろそろ敷石を引っぱがす頃合いじゃないかと見張っているのだ。俺は途方も無い自然の豊かさを伺わせるそんな荒れ方が好きだった。

それにしても、この屋敷には度肝を抜かれた。何もかもが惚れ惚れしてしまうくらい荒れ果て、苔で覆われた老木にいたると、うっすらひびが入っているし、ベンチはまるで十世代ものカップルが代々座り続けてきたようだ。床板は磨り減り、扉はことごとく穴だらけで、椅子はどれもガタガタだ。修理の方はからっきしなのに、掃除だけはやけに気合いが入っているらしく、何もかもが清潔で、ワックスをかけられてピッカピカだった。

客間は皺だらけの老婆の顔みたいで、えげつないほどインパクトがあった。俺は壁のひび割れや、天井に走る亀裂などのことごとくに酔わされてしまった。とりわけ吊り橋みたいにグラグラするフローリングの床は、崩れかかっているのに、やっぱりニスでピカピカに磨き上げられていて気に入った。放ったからしにされている感じも、ぞんざいに扱われている感じも毛頭ない。ただ異常なほど気をつけて扱われている感じがした。年を重ねるごとに、この家の魅力が増すだろうことは間違いない。表情の複雑さとかフレンドリーな雰囲気とか、あるいは客間から食堂へ行く途中の危険さなどが——。

「気をつけて!」

下に穴が開いていた。ご覧のとおりで、簡単に足の骨でも折りかねませんからね、そんなこ
とも言われた。こんな穴が開いているのは誰のせいでもない。言ってみりぁ、時間の為せる業
なのだ。その穴は偉大な君主然として構え、言い訳を潔《いさぎよ》しとしないような、王者の風格があっ
た。親父たちもまた
「こんな穴塞ぐのは朝飯前ですよ、お金に困ってる訳ではないんでね……」
とも、あるいはこれが正解だったのだが、
「この家は儂《わし》らが三〇年契約で市から借りているんですよ、したがって修理は市が受け持つ
べきなんだが……双方譲らんのですわ」
とも言わなかった。野暮ったい言い訳なんぞ抜きにする、俺にはそういうおおらかさが嬉し
かった。
まあ、せいぜいこう言ったくらいだ。
「ま、ちょっとゴチャゴチャしてますけどね」
あまりにもさらっと言うものだから、俺は連中がそのことを気にしてないのかと思ってし
まった。だいたいこんな歴史ある家に、石工、大工、家具職人、左官の一団が冒涜の道具を抱
えて押しかけてきて、八日もたたないうちに、他人の家かと思ってしまうくらいリフォームし
たとしたらどうだい？　神秘も何もない、奥行きもない、足元のトラップもない、地下牢もな

い、これじゃただの市庁舎の応接室になってしまうだろう。

こんなトリックのいっぱいある屋敷だったら、小娘たちが姿をくらませちまうのも普通だ。客間ですでに、屋根裏部屋くらい面白いものがワンサカあるのだから、ホントの屋根裏部屋なんてどんなものだろう？　半開きの戸棚をちょっと開いたら、黄ばんだ手紙の束やら曾爺さんの領収書なんかが雪崩《なだれ》落ちてくるのだろうな。あと鍵なんか、この屋敷の全部の錠よりもいっぱいありそうだ。まあ、当然どの錠にも鍵が合わないだろうが。

あっぱれなほど役に立たない鍵の束、俺たちの理屈の裏をかき、地下室を、宝箱を、ルイ金貨を夢見させる鍵の束だ。

「よろしければ食卓へどうぞ」

俺たちは食卓へ向かった。俺は部屋ごとに線香みたいに広がる、芳しい古い書庫の香りを吸い込んだ。世界中の香水全部に匹敵する香りだ。ことに手からランタンを下げて運ぶのが俺のツボだった。

俺のガキの頃にもあった、部屋から部屋へと持ち運んだやつみたいに、ズッシリした本格派のランタンだ。ランタンを動かすと、壁にミステリアスな影が踊る。まるで光の花束と黒いヤシの葉を抱えたみたいだ。それからランタンがそれぞれの定位置に置かれると、光はもうそこから動かず、床板をギシギシいわせながら闇がその周りに広がる。

二人の娘が、さっきいなくなった時くらいにひっそりと、神出鬼没に出てきて、むっつりと席についた。あいつらは犬や鳥に餌をやったり、澄み切った夜に窓を開けて、夜風に乗ってやってくる草木の香りを味わっていたに違いない。今ナプキンを広げ、注意ぶかく俺を横目で観察してきている。俺をペットの一員に加えるかどうかの値踏みをしているのだ。連中はイグアナ、マングース、キツネ、サル、ミツバチなんかも飼っていたからな。

生き物はみな、ごちゃ混ぜだったが互いに仲が良くて、出来たばっかりの地上の楽園みたいだった。娘たちが被造物である全部の動物を支配し、小さな手で動物たちをなで水や餌をやりながらいろんなことを語り聞かせると、マングースからミツバチまで、どの動物もそれに聴き入るのだ。

俺は覚悟した。この小利口そうな娘どもが、批判精神と感性の鋭さでもって目の前の俺という異性を、素早くコソコソと、それでいてあと戻りができないほどシビアにジャッジするのを。俺のガキの頃も、姉貴たちが食事に招かれた新参の招待客たちに、こんな風に点数をつけていたものだ。そして、会話が途切れた沈黙の中で、いきなり「五五点」と言うのが聞こえるのだが、その面白さは姉と俺以外の大人たちは知る由もなかった。

この遊びのことを思い出した俺は、ちょっとビビった。しかも審判どもが手慣れた感じだったので、なおさら居たたまれない。獣どもを見分けるやり方を知っていて、バカな動物を騙すこともできりゃ、足の運びだけでキツネの機嫌がいいか悪いかも分ってしまうほど、心の運びを知り尽くした審判だ。

俺は連中の射るような視線やら、ちっちゃくて真っすぐな心根が嫌いじゃないのだが、お遊びは別のをやって欲しかった。「五五点」にビビリ切った俺は、卑屈にもやつらに塩を手渡したり、グラスにワインを注いでやったりしたが、顔を上げりゃ買収には応じそうもない、穏やかなくせに神妙な面をした審判どもと目が合う。

お世辞だって役に立たなかっただろう。見栄とは無縁な小娘どもだ、それでも見事なプライドはあった。俺があえて言わなくても、あいつらの自己評価に比べりゃ俺のするおべっかなんか目じゃない。

俺は自分の仕事を引き合いに、箔をつけるなんてことも思わなかった。だって連中は、鳥のヒナに羽毛がちゃんと生えているかを確かめて「おはよう」なんて言うために、わざわざプラタナスの梢まで登るのだ。そんな大胆さに比べりゃ、飛行機乗りの稼業なんぞ分が悪いにきまっている。

無口な妖精どもは、俺が喰うのをいつまでも見張っていて、盗み見る目と頻繁に目が合ったので、俺も黙り込んじまった。

それから沈黙してる間に、床からシュウッと小さな音がした。テーブルの下で何かが動いて

第５章　オアシス

俺は覚悟した。この小利口そうな娘どもが、批判精神と感性の鋭さでもって目の前の俺という異性、素早くコソコソと、それでいてあと戻りができないほどシビアにジャッジするの。（101頁）

から、止まったのに気付く。怖々と顔を上げたら、隠し球を使ったこのテスト結果に満足気な下の方の娘の顔が見えた。野蛮人をビックリさせたいという、純な下心が丸見えだった。そもそも俺が野蛮人だったらの話だが。

そして生えたばかりの歯でクチャクチャとパンを噛みながら、あっさりとこうほざいた。

「毒蛇ちゃんよ」

おバカじゃなかったらわかるでしょ、と言わんばかりのドヤ顔で二の句もないし、上の方は俺の咄嗟のリアクションを見ようと素早く盗み目をしている。

しかも連中は姉妹そろって、世にも優しくてあどけない顔を皿に向けていた。

「なに！　毒蛇だと……」

ポロッと言葉が漏れた。俺の両足の間を滑り、ふくらはぎを掠《かす》めたのは毒蛇だったのだ。さいわい、そのとき俺は微笑していた。

奴らもそれが作り笑いじゃないと分っただろう。楽しかったから笑顔が溢《あふ》れたのだ。この家が時間を追うごとに、ますます好きになるから笑ったのだ。毒蛇についてもっと知りたかったからだ。上のが救いの手をさしのべてくれた。

「巣があるのよ。テーブルの下の穴に」

「夜の一〇時くらいに帰ってくるの」

と下の娘がつけ加えた。

「お昼は狩りに出かけちゃうから」

今度は俺が、小娘どもを盗み目をする番だった。リラックスした顔つきの裏の鋭さや忍び笑いを見て取る。俺は小娘どもが女王様ばりに高飛車なのに舌を巻いた。今でも夢に見るくらいだ。ずいぶんと昔のことになってしまった。

二匹の妖精《エルフ》はどうなったことやら？　まあ、当然結婚はしているだろう。それとも変わってしまったかな？　ちっちゃい女の子から女になるというのは大変なことだ。

新居で何をやってるのだろうか。雑草や蛇とのお友達付き合いは？　思うにあいつらは、コスミックな何かの中にいたのだな。だがいつか、小娘の中で「女」が目覚めるときが来る。それで「九五点」をつけるのを夢見るようになる。

それが心にのしかかってくる頃、そんな時にボンクラが現れる。すると鋭かった読みが初めてヘタを打って、そいつを色眼鏡で見てしまう。

ポエムを作りゃ詩人なんだわと思うし、あの人は穴の空いたフローリングも受け入れてくれる、マングースが好きなのよと思いこんじまう。

ボンクラの足下でテーブル下の毒蛇が尻尾を振りゃ、蛇から心を許されて喜んでるのだわ、と勘違いしちまうのだ。そして刈り込まれた庭しか愛せない野郎に、草ボウボウの庭である自分のハートをやってしまう。こうしてボンクラは、お姫様を奴隷にして持ち帰ってしまうのだ。

第６章　砂漠にて

1

俺たちサハラの航空会社のパイロットは、帰国もできずに、あっちこっちの砦を飛び回っている。いわば何週間、何ヶ月、何年もの間、砂漠に縛り付けられてるみたいなものだ。だから前章で書いたみたいな面白いことに出くわすこともない。

こんなに砂漠ばかりじゃ、俺が見つけたようなオアシスは見つからないし、庭や小娘たちにしても絵空事だ！　そうは言っても、職業《しごと》さえやり遂げりゃ、国に戻って元の暮らしが出来るし、ギャルだって腐るほどいる。あっちじゃ女たちはマングースや本に囲まれて、辛抱づよく甘ったるいエスプリを育てているに決まってる。しかもベッピンになっているに違いない……。

だが、俺は孤独を知っている。砂漠で過ごした三年間で、孤独を嘗《な》め尽くした。石と砂だけの景色の中で、青春時代が磨り減ることなんて恐れちゃいない。逆に俺を離れた遠くの方で、娑婆の全てがむしろ老いぼれていくように感じられるのだ。木々には実が生《な》る。土には小麦が芽吹くし、小娘どもはいつの間にかベッピンになる。季節は流れ、急いで引っ返さないといけないのに、俺たちはここに繋《つな》ぎとめ置かれている……。そして、地上の富は砂丘の細かい砂みたいに、俺たちの指を滑り落ちていっちまう。

普段なら、気休めのお気楽さの中で生きているから時間の流れなんて意識しやしない。だがここじゃ、時間の流れを感じざるを得ない。

中継基地に着陸して、吹きやまない貿易風に吹かれているときなんかだ。俺たちは夜行列車の乗客に似ている。車軸の回転音が鳴り止まない車内で、街灯にちょっと照らされて、野原や農村、さらに魔法の国などが窓の外を流れて行く。そういう景色は引きとめたくてもそうはいかない。それが旅というものだから。そんな旅人にも似て俺たちも空港は静かなのに、微熱に浮かされていて、耳の奥でフライト中の風音が止むこともなく、空の旅を続けているみたいだった。心臓のビートに任せて、向いっ風に煽られながら見たこともない明日に運ばれていくような感じだった。

不帰順領域にいたってことも大きかった。ジュビー岬での夜は、大時計の鐘が鳴るみたいに一五分ごとに区切られていた。見張り役は号令で、お決まりの文句を順に叫び交わした。こんな風に不帰順領域の奥地で孤立したジュビー岬のスペイン要塞は、見えない脅威に備えていた。このお先真っ暗な船艦の組員みたいな俺たちは、海鳥が空を丸く飛ぶみたいに、号令が近づくのに聴き入ったものだ。

それでも、俺たちは砂漠にゾッコンだった。

砂漠なんて初めは空っぽで、静かなだけにしか見えない。というのも砂漠は、いちげんさんに身体を許したりはしないから。フランスの村のひとつを取ったってそうだろう。俺たちがその村のためなら世界のどんな場所にも目もくれないで、そこの村の伝統やら習慣やらにどっぷり浸《つ》かり込み、村の敵を自分の敵にするぐらいの覚悟じゃないと分らないものがある。その覚悟によってこそ、そいつにとって、この村をして、そいつらのふるさとならしめる何かがわかるのだ。

もっと言えば、たとえば俺たちのすぐ近くに、僧院に閉じこもって意味不明なルールに従って生きている奴がいるとする。すると、そいつはチベットの奥地にいるくらい独りぼっちで、どんな飛行機でも辿り着けないほど遠くにいると言っていいんじゃないか。そいつの独房を訪ねたって、何になる？　部屋の中はからっぽだ。なぜなら人の帝国は心の中にあるからだ。心の砂漠は砂から出来ているのじゃないし、トゥアレグ族[※32]でもライフルで武装したムーア人でもない。

だが今日、俺たちは渇きを知ってる。俺たちに勝手知ったる井戸なんかが光で隅々まで照らしてくれていたのだと、今になって身にしみる。俺たちには見えないある女が、家の中をその

※32　サハラ砂漠やサバンナに住む遊牧民。

愛の魔法で満たすようなものなのだな。井戸の光も愛くらいに遠くまで届くのだ。

はじめのうちは、砂漠には人っこ一人いないみたいに思える。だがしばらくすると、俺たちは盗賊どもとのニアミスにビビりつつ、連中の纏《まと》っているマントのひだを砂上に読み取る日が来る。盗賊どももまた、砂漠を変えちまうのだ。

俺たちはゲームのルールを受け入れ、更にゲームが俺たちを思い通りに作り変えちまう。サハラ砂漠ってやつは、俺たちの心の中に本当の姿を現す。砂漠に踏み込むというのは、オアシスに遊びに行くことじゃない。自分の中で、そこにある井戸を崇拝するようになることなのだ。

2

赴任したときから、俺は砂漠の魅力を味わった。ヌアクショット[※33]の砦の近くにリゲル、ギヨメと俺が不時着したときのことだ。

このモーリタニアの小っぽけな基地は、絶海の孤島と言ってもいいくらいに娑婆のあらゆるものから切り離されていた。この基地に閉じこもっていた軍曹の爺さんは、セネガル人の一五人の部下ともども、俺たちを天からの遣いを迎えるみたいにもてなした。

「ああ、めでたいことじゃ！　あんた方と話せるなんて……ああ、めでたいことじゃ！」

※33　西アフリカ、モーリタニアの町。現在の首都。

軍曹にとっちゃ「めでたいこと」だったに違いない。なにしろ泣いていたくらいだから。

「人に会うのは半年ぶりじゃ。年に二度だけ物資が届くんじゃがな、中尉殿がお越しになるときもあれば、大尉殿のときもあって……前回は大尉殿じゃったわ」

俺たちはまだ、唖然《あぜん》としていた。というのも、俺たちの運命が変わってしまったからだ。俺たちの昼飯が待つダカールまで二時間のところで、エンジンのクランクシャフトがジャムってしまったのだ。その挙げ句、涙にむせぶ老軍曹の隣で天使役に甘んじているわけだ。

「さあさあ、一杯どうぞ！　ワインをお出しできるというのは嬉しいことじゃ！　なにしろ、大尉殿がいらした時には手持ちを切らしておって、お出しできんかったんじゃから」

俺は別の本の中でこのエピソードに触れたが、あれは作り話なんかじゃなくて本当の話だった。軍曹はこう続けた。

「前回は乾杯もできんかったんじゃ……。恥ずかしゅうて、席を替わってもらいましたわ」

乾杯だ！　汗だくでラクダから飛び降りる相手と豪快に乾杯だ！　こいつらの六ヶ月は、この瞬間のためにあったのだ。

一ヶ月も前から武器を磨き、倉庫から屋根裏までピカピカにした。めでたいあの日がもうすぐだと思って、数日も前から、物見やぐらから地平線を眺めつづけ、そこに塵を巻き上げてアタール[※34]の移動小隊が現れるのを待ちこがれていたのだ……。なのにワインがない。パーティー

※34　西アフリカのフランス領。

ができない。乾杯もできない。なんたる面汚しだ。

「わしは大尉殿が戻ってくるのが、待ち遠しゅうてたまらんのです。待ちに待って……」

「で、その大尉殿は今どこに？」

すると軍曹は、砂漠の方を指して
「どこですやら。大尉殿はいたるところに行かれますからな！」

砦の物見やぐらの上で、星について語り明かしたその晩のことも実話だ。見張るべきものなんか、星以外には何もない。星々は機上から見る時のように勢揃いしていたが、違うのは動かないことくらいだ。

機内から見る夜空があんまり見事だと、そっちに気をとられて操縦そっちのけになってしまう。すると飛行機がだんだんと、左に傾いていくのだ。右翼の下に村を一つ見つけても、まだ水平だと信じている。だいたい砂漠には村なんかない。だったら漁船の一団が海にいるのかな、といってもサハラの沖合には漁船なんかいない。だったらなんだ？

こうしてパイロットは、自分の勘違いに苦笑するのだ。ゆっくりと機体を立て直すと、さっきの村が正しい位置にくる。床に散らばった星座の一式を、壁にかけ直したように。

村だと思い込んでいたのは、じつは星の村だった。とはいっても、砦の上から見えるのはコチコチに凍ったような砂漠、微動だにしない砂の波しかないし、星座はきちんと空に吊られていた。

軍曹が星について話し始める。

「さて、わしは方角には明るいんじゃ。あの星に向かって真っすぐ行くと、チュニスじゃな」

「チュニスの出ですか？」

「いや、わしの従妹がじゃ」

それからずいぶんと長い間、黙ってしまった。だが軍曹は、隠し事をしようとしていた訳じゃない。

「きっといつか、わしはチュニスに行くんじゃ」

その時は、まさかあの星に向かってぐんぐん歩いていく訳でもないだろう。遠征している途中で、あてにしていた井戸が干上がっていたせいで、頭が沸いてしまったらそれもありうるが。そんなロマンチックなぶっ壊れ方をしたら、星も従妹もチュニスもごっちゃになってしまうだろう。そうすりゃもう、野郎は星に向かって歩くしかないさ。傍目には痛々しい以外の何ものでもないが、本人には霊感あふれる旅になるのだろうな。

「いつだったか一度、大尉殿にチュニスへの出向を願い出たことがあったんじゃがな、従妹のことで。すると大尉殿はこうお答えになった」

「大尉殿は、何と？」

「従妹だったら、世界じゅう腐る程おるぞとな。わしはチュニスより近場のダカールへやられてしまったんじゃよ」

「ベッピンさんでしたか？　あんたの従妹は」

「チュニスの方？　そりゃもちろんですとも。ブロンドじゃった」

「いや、ダカールの」

軍曹よ、あんたが苦渋に満ちた面で憂鬱そうにこう答えたのを聞いたとき、思わずあんたを抱きしめそうになったぜ。

「そっちは黒ん坊じゃった……」


あんたにとってのサハラとは何だい、軍曹さんよ？　それはあんたに向かって永遠に歩いて来る神だった。それはまた五〇〇〇キロの砂漠のむこうにいる、ブロンドの従妹の優しさでもあった。

だったら、俺たちにとっての砂漠ってなんだ？　それは俺たち自身の中から沸きでてくるもの、自分自身について深く考えさせてくれる何かだった。だからこそ、その晩、俺たちも従妹の一人と大尉殿に想いを馳せメロメロになってしまったのだ……。

3

不帰順領域の端っこにあるポート・エティエンヌ[※35]は、とても町とは呼べない。小さな砦が一つと格納庫が一つ、それに会社の従業員たちのための木造バラックがあるだけだ。軍資金はこれっぽっちもないくせに、実際のところポート・エティエンヌが難攻不落なのは、周りに広がる鉄壁の砂漠のせいだ。盗賊どもがここに攻め入るためには、このだだっ広い砂と灼熱のエリアを通過しなきゃならないが、途中で水も力も尽きちまうから、たどり着けやしない。それでも覚えている限り、北のどこそこにはいつも、ここを目指して進行中の盗賊どもがいた。

ここの管轄の大尉が、俺らのところにお茶をしにくるたびに、地図を広げて上玉のプリンセスの伝説でも紐解くみたいに、盗賊の進路を披露するのだ。それなのに、砂漠の小川よろしく干乾びちまうのか、一向に盗賊は現れない。それで俺たちは、そんな盗賊どもを「透族」って呼んでいた。というわけで、夜にお上が俺たちに支給する手榴弾と薬莢は、ベッドの下のケースに収まったまま眠っている。

だいたい文無しである俺たちが、敵どもに喧嘩を吹っかけられるはずもない。戦う敵といったら沈黙くらいだ。航空局長のルカに至っちゃ、昼夜の別なく蓄音機を回しっ放しだ。レコードは、娑婆の暮らしからかけ離れてしまった俺たちに、忘れかけていた言葉で話しかけてくれ

※35　現在のモーリタニアのヌアディブ。

る。すると妙な喉の渇きみたいに、訳もなく切なくなる。

その晩、俺たちは砦の晩飯に呼ばれて、管轄の大尉からご自慢の庭を見せられた。なるほど三箱分たっぷりの紛れもない土だ。四〇〇〇キロかなたのフランスから、はるばる運ばれてきたらしい。土から三枚の緑の葉が生えていて、俺たちは宝石かなんかみたいに、それらを指先で撫でた。大尉がその話しをするときは、決まって「我が輩の庭である」とのたまう。猫も杓子もカラカラにしちまう砂の熱風が吹いたら、大尉はその「庭」を地下室にもって行く。

俺たちは砦から一キロのとこで寝泊まりしていて、晩飯後の帰り道は月の下だった。月明かりの下じゃ、砂漠はバラ色に染まっている。俺たちは殺風景なところにいるみたいに思っているが、それでも砂漠はバラ色だ。見張りの兵士の掛け声が、俺たちの世界に冷や水をかけていた。サハラ砂漠全体が俺たちの影にビビり、俺たちを問い質す。というのも、盗賊団がこっちに向かっていたからだ。

見張りが叫ぶ中、砂漠のいたるところで声が鳴り響く。砂漠はもう空き家じゃない。ムーア人の気配が夜気に満ちている。自分の身は大丈夫だって信じてもいいはずだ。といっても、病気や事故、それに盗賊など、どれだけ危険がゴロゴロしていることだろう！　だから地上じゃ、人間は見えないスナイパーに狙われてる。セネガル人の見張りが、預言者みたいにそのことを俺たちに思い出させた。

「フランス人だ！」

と、俺は答えて、黒いエンジェルの前を通り過ぎると呼吸が楽だ。この危険のせいで、俺たちがどれだけ貫禄を取り戻したことか……とはいっても、危険はまだまだ先だし、そんなに切羽詰まってる訳でもない。膨大な量の砂のおかげで、リスクも低いはずだ。だがもはや、世界は前と同じじゃない。この砂漠がまたゴージャスに見えてきた。どこかを行進中だが、ここには絶対に辿り着かない盗賊団が、砂漠を神々しくする。

夜の一一時。無線通信局から戻ってきたルカが俺に、ダカールからの飛行機は一二時にこっちに着くと伝える。機内じゃ万事順調とのこと。深夜零時一〇分に、俺の機に郵便物が積み替えられ、俺は北に向けて飛び立つ予定だ。ひび割れた鏡の前で、キッチリとヒゲを剃る。タオルを首に巻いたまま、ちょいちょい戸口まで行っちゃ、何もない砂漠を眺める。天気は良さそうだが、風はない。俺は鏡の前に戻って考えこむ。何ヶ月も続いた風が凪《な》ぐと、空全体の調子が狂うことがたまにあるのだ。それで今度は、ベルトに非常灯と高度計、鉛筆を縫い付けて身支度をはじめる。今夜、機内通信士を努めるネリを見に行く。奴もヒゲ剃り中だ。

「大丈夫か？」

と声を掛ける。そりゃ、今のところは大丈夫に違いない。だって搭乗前の準備なんて、フライトの全行程の中じゃ一番楽だからな。だがベルトの非常灯にトンボが一匹ぶつかって、ジュッという羽音が聞こえると、よく分らないが胸が苦しくなった。

もういちど外に出て見回すと、あたりは澄み渡っている。飛行場に隣り合った崖は、まるでもう夜が明けたみたいに、くっきりと空に浮かび上がっている。砂漠はキッチリと片付いた家を思わせる沈黙が支配している。だが、ここで緑色の蝶と二匹のトンボが私の非常灯に当たってきて、俺はまたどんよりとしたあの感じを覚える。楽しいのやらビビってるのやら、胸の奥からムズムズと湧いてくるすごく謎めいた、ほとんどつかみどころのない感じだ。何者かが重苦しく、遠くから俺に話しかけているみたいな。

本能ってやつかな？　また外に出たら、凪は完全に止んでいて空気は変わらず冷たい。だが俺は、警告を受けていた。俺には分っている、というか、俺は自分を待つ何かを察知したのだろう。俺に知らせてくれたのは空でも砂漠でもなかったが、二匹のトンボと緑の蝶が俺に話しかけてくれた。

俺は砂丘に登り、東向きに腰を下ろした。勘が当たってりゃ「そいつ」はそろそろやってくる。なんで内陸のオアシスから数百キロ離れたこんなところを、トンボがほっつき回っているんだろう？　砂浜に打ち上げられたわずかな漂流物を見りゃ、嵐が沖で荒れ狂ってるのが分るみたいに、虫どもは砂嵐が進行中だということを俺たちに伝える。

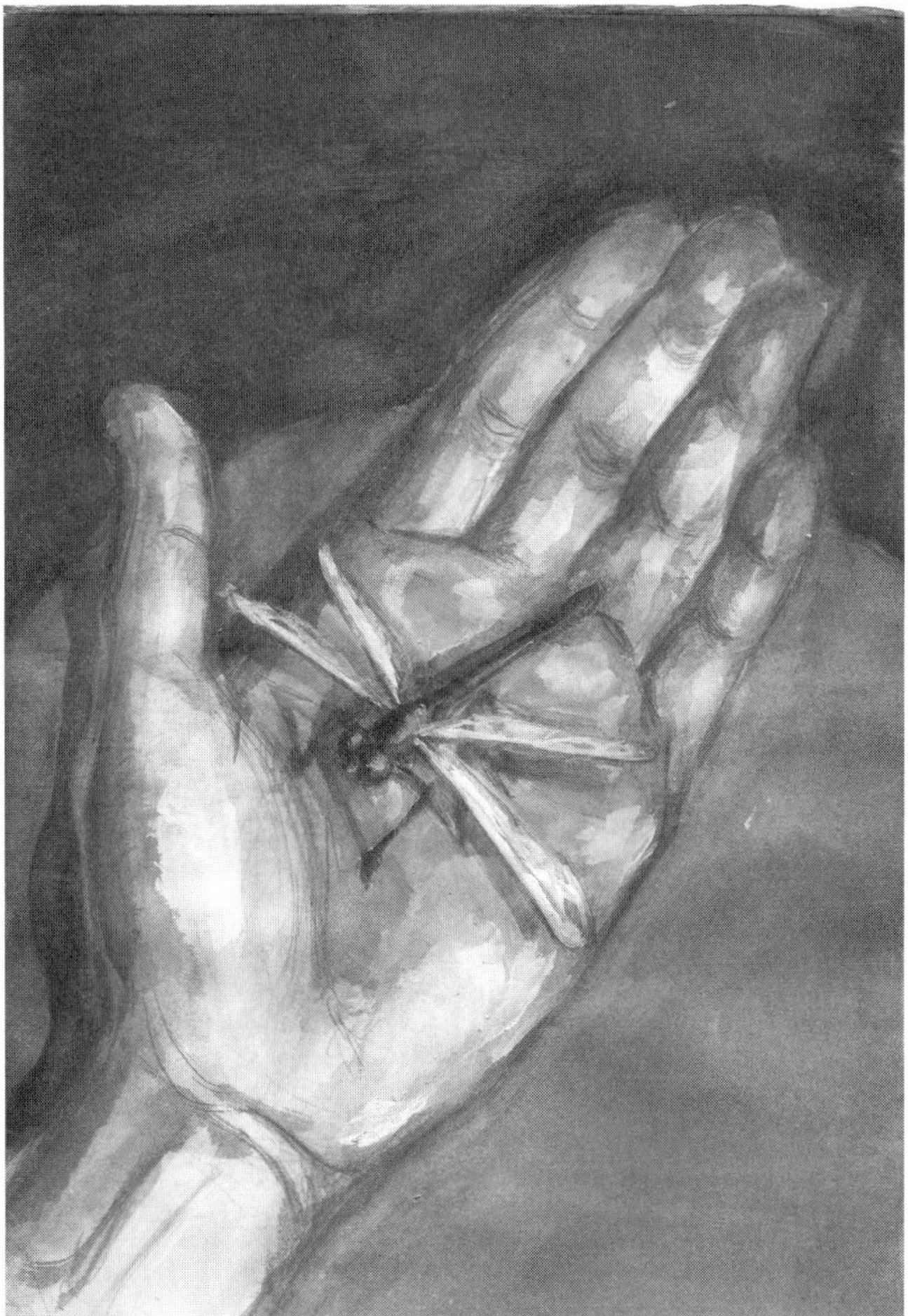

なんで内陸のオアシスから数百キロ離れたこんなところを、トンボがほっつき回っているんだろう（118頁）

東で発生した砂嵐が遠くでヤシの林を根こそぎにして、緑の蝶を締め出したに違いない。砂粒はもう飛んできている。裏付けられているだけに、なおさら仰々《ぎょうぎょう》しく東風が吹き始める。リスクの予測を超えそうな、砂嵐を孕んだ東風だ。かろうじて嵐の吐息が、俺に届くか届かないかくらいだ。俺は波打ち際の、ギリギリのとこにいる。二〇メートル後ろじゃ、布切れ一枚動かなかっただろう。一度だけ、死に撫でられるみたいな熱風が俺を包んだ。サハラがそれから数秒後、息を整えてまた息を吐き出すことも、俺にはバレバレなのだ。三分も経たずに格納庫の吹流しがなびき始めて、一〇分もしないうちに天が砂で満たされることも知ってる。それからすぐに俺たちが、砂漠に吹き荒れる炎に巻かれつつ飛び立つことだって。

だがこんなことじゃ、俺は感動しない。俺が野暮な喜びで満たされたのは、数語で暗号文を解読して、ちょっとのざわめきで全未来を読み取る原始人ばりに、その軌跡を嗅ぎつけたからだ。いってみりゃあトンボの羽ばたきから、天の怒りを読み取ったって訳だ。

4

あっちじゃ、俺たちは不帰順地域のムーア人とよく会っていた。立ち入り禁止地区、つまり俺たちがフライトの度に通過する領域の奥から、ひょっこりと現れたムーア人どもは物怖じもせず、ジュビーやシズネロスの砦に入ってきたものだ。

砂糖やお茶、そしてパンなどを買うためなのだが、それが済むと秘境に帰っていった。そんな訳で、俺たちは奴らの通りすがりの何人かを取り込もうとした。

誰にも顔が利く頭目レベルの奴になると、世界を見せてやる為に会社の上司の承諾を得て、たまに飛行機に乗せてやった。連中の鼻を折ってやるために。というのも奴らが捕虜のフランス人をぶっ殺すのは、白人を憎んでいるのじゃなくて、単に見下しているからだ。奴らと砦の近くで出くわすと、連中は罵《のの》ることすらせずに俺たちから顔を背けて唾を吐いた。連中の思い上がりは、自分らが強いのだという思い込みのせいだ。

三〇〇丁のライフルで武装し、臨戦態勢をとらせた部隊の前で、

「フランスはここから歩いて百日もかかるんだよな。お前らフランス人は、とことんツイてるぜ」

と繰り返す野郎どもが、どれだけいたことか。

そんなわけで、俺たちは奴らを飛行機で連れ回す必要があった。フランスに初めて降り立ったのも三人いた。以前セネガルに連れて行ったときに、生まれて初めて木々を見て感涙していたのがいたが、三人はそいつと同じ人種だった。

その後、俺がテントで再開した時も、かの〝フランス組〟連中は裸の女どもが花々に囲まれ

て踊るミュージックホールを褒めていた。木も泉もバラの花も見たことがないくせに、唯一コーランで小川のせせらぐ天国と呼ばれる庭園があるのを聞きかじってきた奴らには当然の感想だったに違いない。なぜなら三人の信じる天国で囚われの美女どもにかしずかれるには、婆婆で三〇年間も七転八倒したあげく異教徒から銃弾を受けて、惨ったらしく砂の上でくたばらなきゃいけねぇんだから。

アラーは騙しているのじゃないか。だって、これらすべての宝物が与えられているフランス人には、渇きも死も代償として求められていない。そこで今、年取った族長がボーッと考えている。テントの周りに茫漠と広がるサハラ砂漠が、死ぬまでにつまらん快楽しか与えてくれないだろうことを念頭に、こう本音を吐くわけだ。

「どうやら……フランス人の神様は、フランス人には……アラーがムーア人に与えるより多くを与えるんじゃやな」

数週間前、奴らを連れてサヴォワ県[※36]へ行ったとき、ガイドが大きな滝の前に案内したのだが、連中にはそれが縒《よ》り合わして作られた円柱かなんかに見えたみたいだ。

「ちょっと味見をしてごらんなさい」

とガイドに勧められて飲んだら、真水だった。そう、水なのだ！　砂漠じゃ、歩いて最寄りの井戸にたどり着くまでに、何日かかることか。運良く井戸が見つかったとしても、中にギッ

※36　フランス東部に位置する県。

チリ詰まった砂利を掘り返して、ラクダの小便混じりの泥を得るまで、何時間かかることか。まさに水だ！　キャップ・ジュビーでもシズネロスでも、ポート・エティエンヌでも、ムーア人の子供たちが空き缶片手に、物乞いするのは金じゃない。水のためだ。

「水をくれよ……ちょっとでいいからさ」

「大人しくしてたらな」

水には同じ重さの黄金の価値があって、一滴の雫でも垂らしゃ、砂から火花みたいに緑の草の若芽の緑を生えさせる。どこかで雨が降りゃ、大移動でサハラが活気づく。部族は三〇〇キロ先で生えるだろう草を目指して移動する……。しみったれたことに、ここ一〇年間ポート・エティエンヌでは一滴も雨が降らなかった。その水が眼前で、世界中の水を溜めて底が抜けた貯水槽みたいに、轟音を立てて流れ落ちているのだから。

「そろそろ行きましょうか」

とガイドが声を掛けたが、奴らは微動だにしなかった。

「しばらく……居させてくだされ」

奴らは黙り込み、厳然たる謎が展開していくのを、むっつりと静かに見守っていた。山腹からこれほどにも溢れ出すのは、いわば命であり、それはまさに人間の血液に他ならない。一秒に流れ落ちる水量でも、数多の隊商をすべて生き返らせには充分だっただろう。隊商のやつらは喉の渇きに頭が沸いて、塩湖と蜃気楼に迷い込んでくたばったのだ。神がここに、目の前にいる。背を向けることもできない。神が水門を開いてその力を示したのだ。が、三人のムーア人はやはり微動だにしなかった。

「これ以上見続けても同じですよ。行きませんか」

「見届けねば」

「何を？」

「終わりを」

連中は神が気違い沙汰に飽きる時を待ちたかったのだろう。神はしみったれだから、直ぐに悔いるはずだと。

「でもこの水は千年間も流れ続けているんですよ！」

今夜、奴らが滝の話を蒸し返さなかったのは、そのせいだった。いくつかの奇跡については黙ってた方がいいし、深く考え込まない方がいい。さもないと、何もかもわからなくなってしまう。あるいは神を疑うようになるのだから……。

「フランスの神様というのは、いやはや……」

とはいえ、俺はこいつら未開の友をよく分ってる。奴らは信心を揺《ゆ》すぶられて面くらい、今やフランスに帰順するしかない。連中はフランスの行政府から大麦が供給されることや、フランスのサハラ部隊に身の安全を担保してもらうのを夢見ている。いったん帰順しちまえば、物資はますます手に入るのも確かだ。

奴らは三人とも、トラルザ族[※37]の首長だったエル・マムーン（名前はうろ覚えだが）とかいうやつと同族だ。奴がフランスの子分だったとき、俺は知りあいだった。政府に手柄を立てたのを認められて、公職についたりして目に見える富については事欠かなかったに違いない。それなのにある晩、何の前触れもなく、砂漠で奴と一緒だった将校どもをぶっ殺し、ラクダと銃を奪って不帰順部族のところにトンズラした。

こういう急な寝返りで、いまや砂漠で賞金首となったヒーロー気分でいて、お先真っ暗なトンズラ、いずれアタールの移動小隊の防衛戦でロケット花火みたいに露と消えちまうだろうあっけない栄華を、人は「裏切り」と呼ぶんだ。俺らはこういう気違い沙汰には、ただただたまげるしかない。

それでもエル・マムーンがやったみたいなことは、アラブ人どもは他にもいくらでもやっている。奴は単にヤキが回ったのだ。耄碌すると、いろいろ考えるようになる。それで奴はある晩、自分がイスラムの神を裏切ってキリスト教徒どもと契約したこと、自分の手を汚したせいで何もかもを失ってしまったと気付いた。

※37　モーリタニアとセネガルの国境に住む部族。

考えてみれば、大麦や平和なんぞ奴にとって何になるだろう？　負けて羊飼いに成り下がった強者は、自分が砂の襞に脅威をいっぱい隠してるサハラに住んでいたことを思い出した。そこじゃ、夜中に進めておいた野営地で、離れた見回り役から敵の動向を聞いては、その度に、かがり火の下で心臓がドキドキしたものだ。男が一度味わったら絶対に忘れられない、沖合いの広々とした味を奴は思い出したのだ。

今日、奴は栄光どころか危険も神秘もない、ただのだだっ広い場所をさまよっている。今やサハラは、ただの砂漠にすぎない。

もしかして奴は、暗殺した将校たちに一目置いていたかもしれないが、悲しいかなアッラーへの愛のほうがまず第一だ。

「おやすみ、エル・マムーン」

と将校たち。

「神のご加護あれ！」

とエル・マムーン。

将校どもは毛布に包まって、筏《いかだ》の上にいるみたいに星を見上げながら砂の上に伸びている。あらゆる星々がゆっくりと回って、空全体が時を刻む。月が自分の賢さに引っ張られて砂漠に

もしかして奴は、暗殺した将校たちに一目置いていたかもしれないが、悲しいかなアッラーへの愛のほうがまず第一だ。（126頁）

傾き、ついに姿を隠す。キリスト教徒どもは、じきに眠りこけちまうだろう。それから数分もしたら、光るのは星だけになるはずなのだ。

没落した部族が自分たちの輝く過去から生き返って、砂漠を輝かせられる唯一の追撃をまたおっ始めるのには、眠りにまどろむキリスト教徒どもの、か細い叫び声だけで事足りる。……それからさらに数秒経てば、引き返せない犯罪から新たに世界が生まれるはずだ……。眠りこけたイケメンの中尉どもは、こうやって血祭りにされる。

5

キャップ・ジュビーで、今日はケマルと弟のムーヤンに招かれて、奴らのテントで茶をたしなんでいる。ムーヤンは黙って俺を見つめているが、口元を隠す青いベールも外さず、露骨なガードを緩めない。俺に口を利いて饗《もて》なそうと話しかけるのはケマルだけだ。

「俺のテント、ラクダ、妻、奴隷はお前のもんだ」

ムーヤンは相変わらず俺から目を離さないで、兄貴の耳元にコソコソ囁《ささや》くとまた押し黙った。

「こいつ何と言ったんだ？」

と訊くと、いわく

「ボナフースがルゲイバから千頭のラクダを盗んだそうだ」

　とのこと。

　このアタール小隊の、ラクダ遊撃隊士官のボナフース大尉とは面識はないが、ムーア人どもから、その派手な武勇伝を聞いたことがある。ムーア人は奴のことを話す時、キレ気味になる反面、神みたいにも言う。大尉がいることで、砂漠に箔がつくからだ。どうやったのかは分からないが、今日もボナフースは南下していた盗賊団の背後を襲って何百頭ものラクダをふんだくったらしい。自分らのお宝は安泰だと信じ込んでいた盗賊どもは、ラクダを奪い返すためにボナフース相手に一戦交えざるを得なくなった。

　ボナフースは小高い石灰質の台地に陣取って、まさに大天使様のお目見えみたいにアタール小隊を救うべく、奪ったお宝を取ろ戻せるもんなら取ってみろといわんばかりの勢いで、そこに居座っている。その奴の威光の凄まじさは、剣の一振りで幾多の部族どもがその下に馳せ参じる程だ。

　ムーヤンは、ますます俺を睨みつけまた何か呟いた。

「何と言ってるんだ？」

　いわく
「俺たちは徒党を組んで、明日ボナフースと白黒つけに出かける。ライフル三〇〇挺だ」と。

予想はついていた。三日前からラクダを井戸に連れて行ったり、集会を開いたりと、その熱気が漂っていた。

ヨットの帆を張っているみたいだった。沖に出るための追い風は、もう吹き始めてる。ボナフースのおかげで、南下のための一歩一歩は栄光に満ちたステップとなる。俺にはもはや、こういう出発前の気持ちはどんなものか。それが憎しみなのか、はたまた愛なのかも見当がつかない。

この世に、こんな殺《や》り甲斐のある敵がいるのは、贅沢なことだ。奴が現れりゃ近くに居合わせた部族は、トイメンで鉢合わせするのにビビりきって、テントを畳みラクダを掻き集めてトンズラする。だがもっと遠くの部族は全く違う。恋愛に似た目眩《めまい》を味わうのだ。テント内の安全、女の抱擁、幸せな眠りなどから自分を引き剥がし、焼け付くみたいな喉の渇きに耐え、うずくまって砂嵐をやり過ごす。それで二か月もの疲労困憊の南進の挙げ句、ある夜明け驚くかな、アタールの移動小隊に落ち合い、神が許せばボナフース大尉を射止める。それ以外に、この世に価値のあることなんてないと気付く。

「ボナフースはタフなんだ」

とケマルが打ち明ける。

いまや俺には奴らの秘密が分った。ある女に欲情した男は、そのアマが自分に目もくれず散歩する姿を夢に見ると、一晩じゅう寝返りを打ちつつ悩み、恋いこがれちまうみたいに、ボナフースの遠くの歩みに身を焦がしているのだ。

ボナフース、このムーア人の皮を被ったキリスト教徒は、自分に差し向けられたならず者どもをかわしつつ、二〇〇人のムーア人の山賊を従えて不帰属地域へなだれ込む。そこはフランスの法の外だから、山賊どもは一人残らずボナフースに反旗を翻しても罰されることはない。下手したら石のテーブルの上で、ボナフースをアラーへの生け贄にすることだってありうるのだ。ところがボナフースは己《おのれ》の威光のみで連中を思いとどまらせ、その弱みですら連中を震え上がらせる。こうして今夜も、野郎どもの嗄《しゃが》れ声の眠りの中を奴がそっけなく通り過ぎると、ボナフースの足音は砂漠のど真ん中まで響き渡るのだ。

ムーヤンは青い花崗岩でできたレリーフみたいに、テントの奥で微動だにせず考え込んでいる。奴の両目と、もはや飾りじゃない銀の短剣だけをギラギラを光らせて。盗賊に戻ってから、奴がなんとまあ変わってしまったことか！　これまでにないくらい自信を覚えたのか、軽蔑に満ちた目つきで俺をねじ伏せてくる。というのも野郎はボナフースに挑むために、夜明けには出陣するからだ。愛欲の裏返しと思えるほどの憎しみに駆られて。もう一度、奴は兄貴の耳元に近づき、ボソボソを呟いて俺に視線を飛ばしてきた。

「この野郎、何ほざいてるんだ？」

「砦の遠くでお前を見たら、撃つんだとよ」

「どうしてなんだよ？」

「お前は飛行機、無線、そしてボナフースやらいろいろと持っていやがるくせによ、そのじつ、本物ではないんだとさ」

彫像みたいな青いベールを纏ったムーヤンが、身動きもせず俺を裁いている。

「ムーヤンはこう言うんだ。お前は山羊みたいにサラダを喰い、豚さながらに豚肉を貪る。お前んところの破廉恥な女たちは、恥じらいもなく顔を晒す。そんなのを何度も見たんだとよ。お前は決して祈らないとも言っている。お前に本物がなかったら、やれ飛行機だの無線機だのボナフースだのを持っていても、何になる？　だとさ」

あっぱれなのだ、このムーア人は。自分の自由を守るでも、目に見える宝を守るでもなく、秘密の王国を守っていやがる。そもそも砂漠じゃ誰だって自由だし、第一何もありはしないんだが。

砂漠の波の静けさの中で、ボナフースが年取った海賊さながら、小隊を率いて駆け回るおかげで、ジュビー岬の野営地は、お気楽な羊飼いたちの溜まり場じゃなくなる。ボナフースという砂嵐が、野営地の土手っ腹にぶち当たってくるもんだから。奴のせいで、晩には俺たちはテントを寄せ合う。南の方が静かだと、ボナフースが息を殺して潜んでいるみたいで、胸が張り裂けそうになる。

老獪《ろうかい》なハンターであるムーヤンは、風に耳を澄ませて奴の足取りを読み取る。敵であるボナフースの野郎がフランスに戻ってしまったら、奴の敵共は喜ぶどころか涙にくれるに違いない。砂漠の真ん中が空っぽになって、自分ら自身から魅力がなくなってしまったみたいに、こう俺に言うんだ。

「お前んとこのボナフースは、なんでずらかるんだ？」

「知るかよ」

ボナフースは長年、連中と命の駆け引きをくり広げた。連中の規則を自分のものとして受け入れた。石を枕にして眠った。果てしない追いかけっこの間に連中同様、星と風で作られたバイブルの夜を知った。それなのに奴がずらかるということはつまり、奴にとってこのゲームがマジじゃないということだ。奴はぶっきらぼうに卓を放り出し、ムーア人どもだけがゲームを続けるものの、もはや全力投球のできない生き方には自信が持てない。だからなおも、ボナフースを信じようとする。

「お前んとこのボナフースは、引っ返してくるぜ」

「さあな」

ムーア人どもは奴が戻ると考える。ヨーロッパでのゲームなんざ、ボナフースは満足しないだろうと。駐屯地の司令官職や昇進、ましてや女《あま》どもなんぞじゃ役不足だろうと。まるで愛に引き寄せられるみたいに、一歩一歩胸を高鳴らせながら、潰されたメンツに駆り立てられて、ここに戻ってくるのだ。たしかに奴は、ここでの生活は行きずりのロマンスで、本命はあっちだったと信じ込んだかもしれないが、すぐ胸糞が悪くなって気付くはずだ。砂漠の魔力、夜、沈黙、風と星々の故郷、自分の持っていた唯一、真の宝はここ、砂漠で得たものだと。

ボナフースが戻ってきたら、そのニュースは一晩で不帰順地域全土に広まるはずだ。サハラ砂漠のどこかで、二〇〇人の盗賊に囲まれて野郎が眠ってることが、ムーア人どもに知れ渡るに違いない。そうなりゃ連中は、ラクダをこっそりと井戸に連れていって弁当に大麦を用意し、ライフルの動作確認をするだろう。憎しみだか、愛だかに駆られて。

6

「マラケシュ[※38]行きの飛行機に、わしをこっそり……」

ジュビーで、ムーア人の奴隷の野郎は毎晩、俺にこの短い祈りの文句を繰り返した。こうして、生きるためのすべての手を尽くした後、胡座をかいて俺のために茶を入れる。奴が唯一自分を治してくれると信じ込んでいる医者に、病状を打ち明けるみたいに、あるいは自分を救い

※38　大西洋に面したモロッコ中央部に位置する都市。

出せる唯一の神に祈願でもしたつもりなのか、その日は気が晴れるらしい。

その後は、薬缶の方に俯《うつむ》いて人生の単調な一幕、マラケシュの黒い土地や奴のピンク色の家など、今となってはもうない生活必需品なんかを繰り返し思い出すみたいだ。あいつは俺が黙り込んでいることや、レスキューに愚図ついていることなんかに腹を立てた訳じゃない。俺は奴と同類の人間じゃなくて、何かを起こす力みたいな、あるいはいつか奴の運命に吹き渡るはずの順風かなんかだと、思われていたんだろう。

しかし俺は、しがないパイロットで、ジュビー岬の何ヶ月かだけの空港長でしかない。財産といっても、スペイン要塞の裏のバラック小屋とそこの洗面台に塩っぱい水の入った水差し、小さすぎるベッドくらいしか持っていなかったから、自分の権限についてもそこまで大したものだとは思えない。

「まあ、どうかな。バルク爺」

すべての奴隷はバルクと呼ばれていたから、奴もバルクだった。四年間も囚われの身になっているのに、諦めていなかった。奴は自分が王者だったことを思い出して、忘れられないのだ。

「バルク、お前はマラケシュで、なにしていたんだ?」

奴の妻と三人のガキは、今だにマラケシュに住んでいるのだろう。奴はそこで大層な仕事をしていたみたいだ。

「わしは牧童だったんじゃよ。名はモハメッドというんじゃ」

あっちのボスどもからも、よく使われていたらしい。

「モハメッド、牛を売るつもりだから、山から引いてきてくれんか」

とか
「草地に羊を千頭持ってるんだが、もっと上の牧草地へ連れて行ってくれんかい」

という感じで。

オリーブの杖を持ったバルクが、家畜どもの大移動を仕切ることになった。雌羊どもの群れの全責任を一手に、産気づいた羊がいりゃすばしっこいのを遅らせ、怠け者を軽く突っついたりして。群全体からの信頼も厚く、羊どもを服従させていた。どの約束の土地に向かっているかを知る唯一の男であり、星々から道を読み取る無二の野郎だった。雌羊どもには知る由もない知恵を溜め込んで、中休みや噴水に立ち寄るタイミングまで独りで決定できる分別も持っていた。夜には眠る羊たちの間で、膝まで羊毛に埋まりながら突っ立っていた。そうすると奴らのあまりの弱さや無知に情愛がこみ上げて、医師であり預言者であり王でもあるバルクは群れのために祈るのだった。

ある日、アラブ人どもが声をかけてきた。

「家畜を探すから、俺たちと南に来てくれ」

延々と歩かされた挙げ句、三日目に不帰順地域との境に位置する山間に差しかかるが早いか、呆気なくとっ捕まりバルクと命名され売り飛ばされたのだ。

俺は奴隷を他にも知っていた。毎日どっかしらのテントでお茶をしたり、中で横になったりしに行ったから。遊牧民は贅沢品である分厚いカーペットの上で何時間かくつろぐのだが、俺もそこで一日の推移を味わった。砂漠にいると時間の流れを体感する。焼け付くみたいな太陽の下で、俺たちは夜に五体を浸し、汗を洗い流してくれるこの新鮮な風に向けてひた歩く。灼熱の太陽の下で、獣や人は生きていりゃいつか死ぬのと同じくらい、確実にこの夜という水場に向かって歩くのだ。砂漠じゃ一日ダラダラ過ごすのも悪くない。だって一日が海へ続く道みたいに、大層なものに思えるのだから。

俺が知ってる奴隷たちがテントに入ってくるのは、主人が宝箱からコンロだのやかんだの、グラスなどを取り出す時だ。宝箱に入ってるのは、鍵のない南京錠やら花のない花瓶、安物の鏡とかレトロな武器などで、場違いなガラクタばかりだった。砂漠のど真ん中にあるくせに、浜辺に打ち上げられた難破船の残骸みたいなのを想像してしまう。

奴隷たちは黙ってコンロに乾いた枝をくべたり、火に息を吹きかけたりやかんを水でいっぱいにしたりする。小娘にでも出来そうな仕事なのに、杉でも根こそぎにしそうな筋肉を使ってな。奴らがお気楽でいられるのは、お遊びに夢中だからだ。茶を入れる、ラクダの世話をする、飯を喰う、焼け付くような陽射しの下では夜に向かって歩き、凍えるような星空の下では焼け付く陽射しを待つ、そういうお遊びだ。

四季のおかげで、夏には雪が語りぐさに、冬には太陽が語りぐさになる国々はツイている。悲しいかな、熱帯は年中サウナみたいだから、ほとんど季節の違いがない。だがサハラだって幸せかも知れない。何故ならこうも単純に、昼と夜が片方から別の希望へ人間を振り回しているのだから。

黒人の奴隷はちょくちょく、ドアの前でしゃがみ込んで夜風に吹かれてる。囚われてしまったでかい図体に、思い出が戻ることとなんてない。せいぜい拉致られた時にしばかれて叫んだことや、彼をこの闇に突き落とした野郎の腕を思い出すくらいだろう。彼はその時から、おかしな眠りに入り込んじまったのだ。盲のように緩やかなセネガル川の流れや南モロッコの白い街並は見えず、聾のように家族や友人の声は聞こえない。この黒人は不幸ではない、不具なのだ。

ある日から急に、遊牧民どものライフサイクルに組み込まれて連れ回され、一生を砂漠の中をグルグルと巡《めぐ》る運命を負わされるはめになった。そんな奴らにとって過去や家、そして女房やガキなどに何の関わりがあるというのだ。そんなものは、奴にとっちゃもう、くたばったも同然だ。ずっと好かれて生きてきた野郎が好かれなくなると、お行儀良く一人ぼっちでいることなんて出来ない。連中は猫をかぶって人生に向き合い、ありきたりな愛を見つけて満足する。プライドなんぞかなぐり捨てて、へりくだり、お気楽な暮らしに甘んじるのが楽だと分ったわけだ。奴隷は主人の残り火で、面目を保っている。

主人が奴隷に

「お前も一杯やれ」

と言うこともたまにはあった。一日の疲れと陽射しから解放されて、夕暮れの涼しさを並んで味わっていると、主人は奴隷に優しくなる。主人が奴隷に一杯の茶をくれてやりゃ、身に余る光栄に奴隷は跪《ひざま》き、たった一杯の茶のために主人の膝にキスをする。奴隷が鎖で繋がれることは決してない！　奴隷がそれだけ忠実だからだ。あざとくも自分の中で落ちぶれた黒人の王を見限る。こうなっちゃ、野郎はハッピーな囚人以外の何ものでもない。

ところがどっこい、いつか野郎が放免される日がくる。耄碌《もうろく》しすぎて衣食をやる価値もないとされたが最後、耐えられないような自由が与えられるのだ。最後の三日間、奴らは自分を飼ってもらうべく、テントからテントへと虚しく渡り歩く。日に日に力がなくなっていくが、最後はやはり行儀良く、砂の上に横たわって息絶える。ジュビーじゃ、そんな風に素っ裸で奴隷がくたばってるのをよく見かけたものだ。

ムーア人は、連中の長い臨終を近くで見ているのだが、陰惨な感じはしない。ムーア人のガキどもは、黒い漂流物の近くで遊び、日の出ごとに面白半分でそれが動くかを見に行ったが、手下のジジイを笑うことはしなかった。自然の成り行きだったのだ。まるで奴に「お前はよく働いた、もう寝ちまってもいいんだ、眠れや」と言うみたいに。

それこそが唯一の悩みの種なのだが、奴はやっぱり横たわったまま、もはや気の迷いとしかいいようのない空腹を感じることはあっても不公平は感じない。だんだん土と同化していく。日に干され、大地に抱かれる。三〇年の苦役の挙げ句、奴隷が得たのは眠りにつく権利と土に還る権利だったのだ。

俺が最初に見た瀕死の奴隷も、泣き言は吐かなかった。ただし泣き言の聞き役がいなかったという理由でだが。俺は奴に、ある種の暗黙の同意みたいなものを見て取った。遭難した山男のように力尽き、雪の中に横たわって夢と雪に閉ざされていくみたいな感じだ。胸糞悪いのは、こいつの苦しみじゃない。そもそも全然、苦しんでいるようには見えない。そうじゃなくて、むしろ野郎の死によって、知られてもいない世界が消えちまうことだった。こいつの中で消えていった風景は何だったのだろう？　セネガルの、どのプランテーションだったのか、あるいは南モロッコのどんな白い街並だったのか？　そういう風景がだんだんと、忘却の彼方に去っていく。この黒い塊の中で、消えていくのは、ただ、お茶汲みとか井戸へ連れて行く家畜とかの、惨めな苦労だけだったのか？　奴隷の魂は眠ってしまったのだろうか？　それとも巻き返される思い出と一緒に、復活して大仰《おおぎょう》にくたばっていったのか？

　硬い骨が浮き出た野郎の頭は、俺には古ぼけた宝箱に思えた。波にさらわれなかった、どんな色のシルク、どんなパーティーの写真なども、砂漠じゃ何の役にも立たない、どれほど時代遅れの遺物が入っているのかは、皆目見当もつかない。そこには鍵のかかった重たい箱が置かれていた。断末魔の強い眠りの中で、だんだんと夕闇と根っこに取って代わられつつ、野郎の世界がどこから崩れていったのかは、知る由もないのだ。


「わしは牛追いで、モハメッドという者じゃった……」

この黒人奴隷のバルクが、この末路に抗った最初の野郎だった。ある日、ムーア人が奴の自由を奪って、生まれたばかりの赤ん坊よりももっとつるっ裸にしてしまったことも、野郎にはなんてことはない。神の嵐にたいせつな収穫物を、一時間で根こそぎにされてしまった奴だっているのだから。

　それ以上に、ムーア人は持ち物よりも深いところにある、バルクの人格まで脅《おど》かそうとしていた。奴隷の心の中には糧を得るのに、年中ヒーコラ言っている哀れな牛追いもいるし、他の奴隷たちだったら、人為を死ぬにまかせていただろう。しかし、バルクは違った。

　普通人間は、待ちくたびれりゃ、なんてことない安楽にどっぷり浸《つ》かりがちだが、バルクは下僕の身分に甘んじたりしなかった。ご主人様のご厚意を、有難く押し頂くような奴隷の安楽は、奴には無縁だった。奴は胸の内に、モハメッドの暮らしたかつての家を、家出した自分のためにとっておいた。今は空っぽで寂しいのだが、他の誰が住むでもなく、ただモハメッドが住むためだけの家を。

バルクは草ぼうぼうの小道に立って、静かすぎる退屈と闘いながら、忠義のために死ぬ覚悟で家を守る白髪の門番みたいだった。

ジジイはさすがに「わしの名はモハメッド・ベン・ラウシンじゃ」ではなくて「モハメッドという者じゃった」とだけ言った。

奴はこの忘れられたキャラクターが蘇《よみが》るのを、そのせいで奴隷の外見を吹っ飛ばされるのを夢見ていた。時には夜の静けさにガキの頃の思い出が、童謡を思い出すくらい完璧に蘇ってきた。俺たちのムーア人の通訳も、こう言っていた。

「あのジジイは真夜中に、マラケシュのことを話して、泣いているんだ」と。

長い間一人ぼっちでいれば、誰だってそうする。前触れもなく、ジジイの中のもう一人のジジイが手足を延ばす。脇に添い寝する女を求めて、女たちなんているはずもない砂漠を駆け出す。湧くはずもない泉のせせらぎを耳にする。実際は布テントで風を追って生きる世界なのだが、目を閉じりゃ、バルクは星の下の白い家に住んでいると思い込む。不思議に湧いてきた昔のいとおしさでいっぱいになって、俺のところに邪魔しにくるのだった。陽極が陰極を引き寄せるみたいに。

野郎は俺に、もう準備ＯＫじゃ、慕情も堪《た》えきれないのじゃ、家に帰ってこの気持ちをぶちまけたいのじゃ、とでも言いたかったのだろう。俺がゴーサインを出すだけでいいのだ、と言わんばかりに、俺が忘れてるんじゃないかと思っているのか、例のことを仄めかす。

「たしか郵便飛行は、明日じゃったの。アガディール行きの便に、わしをこっそり乗せてくれんか……」

「生憎だがな、バルク、それはできない」

不帰順地帯にいながら、どういう了見で逃亡なんか手伝える？　次の日には、この盗みと侮辱に、モール人どもがどんな殺戮で報いてくることか分ったもんじゃない。俺は空港勤務の機関士のロベルグ、マーシャル、アブグラルとカンパを集めて、こいつを買い取ろうとしたが、奴隷が欲しいヨーロッパ人なんて稀なのをいいことに、やたら高くふっかけて来た。

「二万フランだ」

「バカにしてんのか？　てめぇ」

「よく見ろや、こいつの太ってぇ腕を」

こうして何ヶ月か経った。ようやくムーア人の掛け値が下がり、俺の手紙を読んだフランスにいる仲間の援助もあって、バルクのジジイを買い取ってやれることになった。そいつぁ、大した商談だった。なにしろ八日もかかったのだから。俺とモール人一五人は、砂地に車座になって一週間とちょいを過ごした。ジジイの持主の仲間で俺の仲間でもある、ごろつきのジン・ウルド・ラタリがそれとなく俺に助太刀した。

「売っぱらっちまえ。どうせ、くたばっちまうぜ」

奴は口裏を合わせた通り、持主にこう伝えた。

「あのジジイは病気持ちだ。初めは一見そうは見えないさ、だがな、中に抱えてやがるのさ。その日がくりゃ、いきなり体が膨れ上がるぜ。さっさとフランス人に売っぱらえよ」

ラッジという別のゴロツキにも、売買が成立したら手間賃を渡すと約束したら、こいつも持主にこう吹きこんだ。

「そいつを売っぱらった金で、ラクダと銃と弾薬を買え。そうすりゃ盗賊団を纏めて、フランス人どもを相手にドンパチできるだろう。アタールからの生きのいい奴隷が三、四人は手に入るぜ。そんなジジイは片付けちまえ」

そんな経緯で、オーナーは俺にバルクを売った。俺たちは六日間も、会社のバラック小屋に鍵をかけてジジイを閉じ込めた。万が一、飛行機の着く前にジジイが外をほっつき回ったら、モール人がまたジジイをひっ捕まえて、もっと遠くに売りとばしてしまっただろう。

かくして俺は、奴を奴隷の身分から解放した。これもまた、大げさなセレモニーだった。イスラムの隠者やら、バルクの元の持主やら、ジュビー岬の親玉みたいなのが来た。砦の外壁から二〇メートルも離れりゃ、俺の鼻を明かすために躊躇《ためら》わずバルクの首を刎《は》ねるだろう三人の海賊どもは、奴を熱く抱きしめて証書にサインした。

「これでお前は、俺たちの倅《せがれ》なんだ」

そう。法的には、俺の倅でもあるのだ。バルクは親父ども全員を抱きしめた。

奴は出発までの時間を、バラック小屋の中で悠々自適な捕虜として過ごし、単純な旅程だが、毎日二〇回も繰り返して覚えていた。

アガディールで飛行機を降りたら、空港でマラケシュ行きのバスの乗車券をもらうのだ。ガキが探検家を演じるみたいに、バルクは自由人を演じる。人生への歩みを、バスを、人ごみを、奴が再び見る町を……。

機関士のロベルグは、マーシャルとアブグラルの代理として俺に会いにきた。ジジイが下車したはいいが、その後飢え死にしないように、奴への餞別の一〇〇〇フランを俺に託したのだ。バルクはこれで、食い扶持が探せるだろうよ。

俺は「慈善をして」つまり二〇フランを掴ませて、感謝を求める慈善団体のババア連中のことを考えた。ロベルグ、マーシャル、アブグラルの三人の整備士は、一〇〇〇フランも与えたが、慈善のためなんかじゃなかった。まして感謝されたいなんて、これっぽっちもない。安楽を夢見るババア連中みたいに同情心からでもない。

連中は単に、人が人の誇りを取り戻させるために、手を貸したにすぎないのだ。俺と同じく、奴らには分りきっていた。帰宅の酔いが一旦醒めちまったら、バルクの前に立ち現れる最初の忠実な仲間は、貧窮なんだと。三ヶ月もしないうちに鉄道のどっかで、汗水流して枕木をひっぱがしているだろうと。奴は俺たちのいるこの砂漠にいたときよりも、不幸になるかもしれない。だが、奴はテメエの家で、自分自身である権利を手にしたのだ。

「さあ、バルクのジジイ、行けよ。男になれ」

飛行機が振動し、離陸の準備はできていた。バルクは最後にもう一度、ジュービ岬の広大な荒れ地に目をやった。飛行機の前は、人生の門出に立つ奴隷がどんな面をしたものかを見ようと、二〇〇人ものムーア人でごった返していた。飛行機が故障して少し離れたところに不時着したら、バルクをまた捕まえにいくつもりだろうよ。

俺たちは、世界に向けてちょっと武者震いした、この五〇歳の新生児に別れを告げた。

「あばよ、バルク！」

「違うわい」

「違うだと？」

「わしはバルクではない、モハメッド・ベン・ラウシンじゃ」

俺たちはアガディールで、バルクの世話を頼んだアラブ人のアブダラから、奴の最後の消息を聞いた。

バスが出るのが夜だけだったので、バルクは一日中フリーだった。最初、小さなこの町をずっと黙りこくってほっつき歩いていたので、アブダラは奴が不安なんだろうと不憫に思ってこう聞いた。

「どうした?」

「べつに……」

降って湧いたようなこのバカンスがいまいちピンと来てないのか、バルクは自分の復活が実感できていなかった。それとなく幸せであっても、それ以外に今日と昨日のバルクを区別するものなんてなかった。バルクもこれからは、ほかの連中と対等に陽射しを浴びることができるし、こんなアラブ風のカフェのアーチ型の屋根の下に坐る権利もあるのだ。

バルクは席について、アブダラと自分に茶を注文した。自分の使った権力で面構えまで変わってしまっただろう奴にとっては、初の君主然とした態度だ。もっともウエイターにとっては、どうってことない仕草に見えたのだろう、取り乱した様子もなく茶を注いだ。ウエイターは自分が茶を注いだのが、一人の自由人を祝福したことに気付かなかった。

「よそへ行くかの」

とバルク。

連中はアガディールの町を見下ろすカスバの城壁まで登った。

若いベルベル人ダンサーたちが寄ってきて、手慣れた感じで媚態を振りまいたので、バルクは生き返った気がした。本人はつゆ知らずだろうが、バルクを人生に招き入れたのは、まさにこの娘たちだった。慇懃に奴の手を握って、他の誰にでもするみたいにお茶を勧めた。バルクは自分が復活していることについて話したかったはずだが、娘たちは優し気に笑うだけだった。というのも、こいつらはジジイが喜んでいることを喜んでいるだけだったからだ。サプライズを狙って「儂《わし》はモハメッド・ベン・ラウシンじゃ」と告げたが、誰一人おどろかない。

そりゃ誰にでも名前はあるし、同じくらい遠くから来ている奴らも珍しくないだろう。奴は再びアブダラを街に連れて出た。ユダヤ人の屋台の前を渡り歩いたり、海を見たりしながら、どこへでも気ままにぶらつくことができた。つくづく、自分の自由が実感できたことだろう。

だが奴にとっては、この自由は苦《にが》くもあった。というのも、いかに自分が娑婆と無関係だったか思い知ったから。ガキが目の前を通った時、バルクはその頬を軽く撫でた。笑ったガキは、お世辞に可愛がる自分のオーナーの倅なんかじゃなかった。バルクに撫でられて微笑むひ弱なガキだった。その笑顔を見せたガキがバルクを蘇らせた。バルクは自分が笑わせたそのひ弱なガキのおかげで、今までよりもちょっとだけ、地上での自分の重要性が増したように思えた。何かを垣間みたらしく、奴は大股で歩き出した。

「何探してんだ？」

とアブダラ。

「別に」

と答えるバルク。

だが通りの曲がり角で遊んでいるガキどもの一群に出くわすと、ピタリと立ち止まった。ここだ。奴はガキどもを黙って見つめていた。それからユダヤ人屋台に向けて歩き出したかと思うと、両腕一杯にプレゼントを抱えて戻ってきた。

「バカかお前、無駄づかいしてんじゃない！」

とキレたアブダラが叫ぶ。

だが、バルクの耳には入っちゃいなかった。真顔でガキの一人一人に目配せする。すると、ちっちゃな手がおもちゃやら、ブレスレット、金縁のスリッパなどに伸びてきた。ガキどもは宝物をどっさり抱えて、獣みたいに走ってずらかった。

そして、その噂を聞いた町中の別のガキどもが、大挙して押し寄せてきた。バルクはそいつらに金縁のスリッパを履かせてやった。アガディール郊外のガキどもも、次いで噂を聞きつけて跳び上がり、歓声を上げながら黒い神様に向かって押し寄せ、奴のクタクタの奴隷服にぶら下がって、自分の取り分を求めた。かくしてバルクはオケラになった。

「喜びすぎて頭が沸いた」

とアブダラは思ったらしい。

だがこれは、バルクが沸き上がる喜びを分ち合ったということじゃないだろう。自由の身になったからこそ、野郎は必需品、愛される権利とか、南へでも北へでも歩いていける権利など、働いて糧を得る権利といった、人に欠かせないものを持ったのだ。だったら、こんなゲンナマに何の価値がある……？　むしろたまらない空腹みたいに人と人の輪に入ること、人と繋がることに飢えていたのだ。

確かにアガディールのダンサーたちはジジイのバルクに親切だったが、彼女らが店に出るときはあっさりしていた。というのも、彼女らにはジジイが必要なかったからだ。あのアラブのカフェにいたウエイターも、町を歩くこの通行人どもも皆、自分の内なる自由人を尊重して、対等な立場で日の光を分け合う。なのに奴を必要としているような連中は、一人もいないのだ。奴は自由ではあったが、あまり無制限に自由なものだから、地上にいながら重さを感じない程だった。

第６章　砂漠にて

バルクはかつて羊の群れの中にいたみたいに、ガキどもの波に揉まれつつ、この世に最初の足跡を残した。（152頁）

奴には人間関係の重さが欠けていた。俺たちを歩きづらくする、涙、別れ、非難、喜び、俺たちの誰もが何かしようとするたびに、癒したり傷つけたりするもの、奴を他の人間に結びつけ、奴に重さを与えるたくさんの結びつきが。だが、バルクにはすでに、無数の希望が重くのしかかっていた……。

アガディールに沈む夕陽に染まって、バルクの天下が始まった。ずっと奴にとっては、この夕涼みが一日で唯一、息がつける待ち望んだ時だったのだ。バスの出発の時間が近づくと、バルクはかつて羊の群れの中にいたみたいに、ガキどもの波に揉まれつつ、この世に最初の足跡を残した。明日には、あいつは自分の家族の貧窮生活に帰っていくはずだ。

奴の老いぼれた細腕じゃ養いきれないだろう、たくさんの命を一手に抱えなきゃいけない。ヒトとして生きるには、体が軽すぎるからベルトに鉛を縫い付けた天使よろしく、金縁のスリッパが欲しくてたまらない数多の子供たちに引っ張られながら、バルクはぎこちなく歩いていた。

7

これが砂漠というものだ。ゲームのルールブックでしかないコーランが、砂漠を帝国に様変わりさせちまう。空っぽにしか見えないサハラの奥地じゃ、男のロマンを掻き立てる秘密の劇が演じられる。砂漠での真の生き方があるのは、牧草地を目指す部族の彷徨なんかじゃない、そこで演じられるドラマにあるのだ。

帰順地帯の砂漠とそれ以外の砂漠じゃ、砂の手触りがこんなに違うのだ！　人間だってそうじゃないか？　帰順地帯になって様変わりした砂漠の前に立って思い出すのが、ガキの頃の遊びだ。俺たちには神が住んでると思えた薄暗い金ピカの庭園、一キロメートル四方しかないくせに、俺たちには知り尽くすことも、歩き尽くすこともできない無限に広い王国だった。

俺たちはここだけの文明を築いた。そこに踏み込む度にワクワクしたし、あらゆるものにここだけで通じる意味があるみたいだった。それはガキの頃にやりがちな隠し事でいっぱいの、魔法もあれば氷に覆われたり、大火事に飲まれたりもするような庭だった！

大きくなって別の決まり事に縛られて生きる身になっちまえば、こんな庭に何が残っているというのだ？　今さらその庭に戻って、低い灰色の石壁に沿って歩けば、ある意味がっかりするだろう。俺たちにとっては、際限なく広いと思っていた一つの王国が、こんな小さい敷地の中に囲まれていたことに驚くはずだ。それからこの無限大には、二度と戻れないと悟るのだ。だって戻るべきはドラマの中であって、この庭の中じゃないのだから。

もはや不帰順地帯なんて存在しない。ジュービ岬、シズネロス、プエルト・カンサード、ア・エル・ハムラ、ドラ、スマラ、これらどれも神秘も謎もなくなってしまった。

人間の生暖かい手に閉じ込められると、体が色褪せちまう虫みたいに、俺たちが目指した地平は踏み込むが早いか、次から次へと消えていってしまった。だからって、その地平を追いかけた連中が皆、幻に踊らされていたわけじゃない。

新しい発見を求めて飛び回っていた俺たちだって、ヘタを打った訳じゃない。繊細すぎるものを探し求めた千夜一夜物語のスルタンの話じゃないが、囚われたベッピンどもは抱かれるが早いか、羽の金粉を失くして朝方には野郎の腕の中でくたばっていたというじゃないか。

俺たちは砂漠の魔法を喰って生きてきた。砂漠に油田を掘り当てて一発当てる奴もいるかもしれないが、そいつらが来たときはもう遅い。前人未到のヤシの林やら無垢な貝殻の砂やら、一番肝心のところは俺たちがいただいてしまったのだから。一時間しかもたないこういう発見の興奮は、俺たちがもう味わってしまったのだ。

＊＊＊

まだ砂漠の話が聞きたいだって？　以前砂漠のど真ん中に行ったことがある。

一九三五年に、インドシナへ長距離飛行をしたときのことだ。俺はリビアの国境を越えてエジプト領に入ったところで、とりもちみたいに砂に絡《から》めとられて、死ぬかと思った。その時のことでも話そうか。

第７章　砂漠のど真ん中で

1

地中海に差しかかると、雲が低く垂れ込めていた。機体を高度二〇メートルまで降下すると、俄雨《にわかあめ》がフロントガラスを叩き付け、海が水煙を立てているみたいだった。俺は前の方に、全神経を集中して目を凝らしていた。海上の船のマストなんかにブチ当たったら大事だ。機関士のアンドレ・プレヴォが、俺のタバコに火をつける。

「コーヒーよこせ……」

奴は飛行機の後ろに姿を消し、魔法瓶を持ってくる。コーヒーを飲んだ俺は、時々スロットルレバーをガチャつかせて、モーターの回転を二一〇〇に維持する。並んだ計器類を横目で見たが、それらはお行儀良く、どの針も正しい値を指していた。俺は煮えたぎった湯をはった盥《たらい》みたいに湯気を吐き出す海をチラッと見る。

乗っていたのが水上飛行機だったら、海があんまり「凹んで」いるので俺も凹んでいたにちがいない。だが俺の乗っているのは、ただの飛行機だった。凸だろうが凹だろうが、着水することはできない。そう思えばこそ、よく分からないがシュールな安心感があった。俺のいるのは海とは別世界だ。荒れる海上をよそ目に事故っても俺にはてんで関係ないし、ヤバくもない。だってそもそも俺は、着水できない飛行機の中にいるのだから。

一時間半も飛ぶと、小降りになってきた。雲は相変わらず低く垂れ込めているが、陽射しが雲間から差し込んで満面の笑みみたいだ。後からノロノロとやってくる好天も悪くない。上には白い綿みたいな薄雲がかかっているだけだ。俄雨を避けて斜めにそれる。あえてスコールのど真ん中を突っ切ることもない。ほら、最初の雲の切れ目に気付く……こいつは見る前から来るだろうと思っていた。というのも眼の前で、海に伸びる牧草みたいな色の長い光の帯が見えていたから。ちょうどオアシスみたいな鮮やかな濃緑の帯だ。セネガルから三〇〇〇キロの砂漠を北上した後に南モロッコで見た、胸キュンなあの大麦畑と同じだ。今回も人間の住める土地に踏み込んだ気がして、ちょっとハイな気分になった。俺はプレヴォを振り返った。

「峠は越えたな、いい感じだぜ」

「おう、上等だ」

チュニスに着いた。給油してる間に書類にサインをする。オフィスを離れた瞬間、プールに飛び込んだときみたいな「ボスン」という響きのない、こもった音が聞こえた。かつて同じような音を聞いたことがあったが、あの時は格納庫での爆発だった。この空咳の音で二人もくたばったんだっけ。

滑走路沿いの道路を振り返った砂煙の中で、猛スピードで正面衝突してペチャンコになった二台の車が、凍り付いたみたいに動かなくなっていた。車に向かって駆け出す奴もいれば、俺たちに向かって駆けてくる奴もいる。

「電話してくれ……医者を、頭が……」

胸が押さえつけられるみたいだ。夕暮れの薄明かりの中で、運命が不意打ちに成功したところだった。この事故でぶっ潰されたのは外身か、それとも正気か、はたまた命か……。

砂漠でも盗賊どもはこうやって、砂の上を音もなく近づいてくる。誰も気付かないように。駐屯地のどっかでも一瞬、賊の襲撃があってざわめいたが、すぐに金色の沈黙に落ち着く。前と同じように穏便に、同じように静かに……。

俺の近くの誰かが、頭蓋骨骨折だと言う。グッタリして血にまみれた額なんぞ知りたくもない。道路に背を向けて飛行機に乗り込むが、俺の胸にはビビらされた感触が残った。俺たちも後であの音を耳にするのかもしれない。時速二七〇キロで黒い大地を削り取った時に、俺たちを待ち伏せていたあの空咳の「コホッ」が聞こえるはずなのだ。

ベンガジ[※39]へ出発。

※39　リビア北東部の港湾都市。古代から隊商の起点となった。

2

途中の機内。日没まではまだ二時間ある。トリポリタニア[※40]の上空に差しかかった頃には既に俺はサングラスを外していた。砂漠は金色にギラギラと輝く。それにしても神よ、この惑星はつくづく人気《ひとけ》がない星だな！　くどく言うが、川だの木陰だの、人の住める場所、そんなものは、ラッキーの連続に過ぎない。実際のところ岩と砂ばっかじゃないか！　とはいっても、そのことも俺とは関係ない。なにしろ飛行領域にいるのだからな。夜が近い。

大事な式典をするみたいに、こっそりと夜がくる。そこじゃ、俺たちは救いのない瞑想《めいそう》をしつつ、寺に閉じこもるのだ。俗世はもう闇にとけ込んで消えかけている。眼下の風景はまだ、金髪みたいに光に照らされているが、何かがもうなくなっている。一日のこの時間ほど、生き甲斐を感じる時は考えられない、そして思いつきもしない。語り尽くせないほど飛ぶことへの愛に駆られた奴なら、俺の気持ちが理解できるはずだ。

こうやって、ちょっとずつ太陽が消えていく。機がジャムったら、俺を受けとめるだろう金色の地表も消えていく……　俺を導く目印が消えていく。空に浮かんで、俺が障害物を避ける目印になっていた山々の稜線《りょうせん》も消えていく。夜の帳《とばり》の中を飛んでいく。もはや頼みの綱は星し

※40　リビア北西部。

かない……。

　世界はゆっくりとくたばっていく。俺は少しずつ光を失くしていく。少しずつ大地と空が溶け合っていく。大地が迫《せ》り上がってきて、蒸気みたいに広がっていく感じだ。緑色の水の中で、一番星が揺れているみたいだ。星がカチカチのダイヤモンドに変わるには、まだ待たないといけない。音も聞こえない流れ星のショーも、まだまだ先だ。深夜の空に何度か無数の火花が飛んでいくのを見て、星々が強風に巻き上げられているのかと思った。

　プレヴォが固定ランプと非常灯をテストする。電球を赤い紙で包む。

「もっと厚く覆うか……」

　もう一枚追加で巻いてスイッチを入れたが、それでも光はまだ強過ぎて具合が悪い。これじゃ機外の世界の青白い風景が見えなくなってしまう。まだわずかに外界の物に貼り付いている薄皮も台無しにしちまう。もう夜だが、まるっきりの夜というほどでもない。三日月が掛かっているからな。プレヴォが一旦後ろに引っ込んで、サンドイッチを持ってきたが、俺はブドウを一房かじっただけだ。腹も減ってないし喉も渇いてない。疲れすらない。このまま一〇年は飛べそうだ。月は沈んだ。

　夜闇の中、ベンガジが見えてくる。あまりに真っ暗な闇の底なので、微かなハレーションすら起きない。上空に差しかかって、やっと街がそれとわかった。飛行場を探していると航路標識が点灯する。誘導灯が暗い大地を長方形に切り取り、俺は旋回する。空に向けられたサーチライトの光は、炎の噴流みたいにまっすぐ立ち上るや、くるりと回転して地表に金色の道を描き出す。障害物を見極めるべくなおも旋回する。ここの空港の夜間設備は大したものだ。減速して黒い水みたいな闇にダイブし始める。

着陸は現地時間の二三時、俺は灯台に向けて機を走らせる。世界一礼儀正しい将校と兵士が、暗がりからサーチライトの強い光の前に見え隠れした。連中は俺たちの書類を受け取り、すぐに給油を始めた。このトランジットは二〇分で片付く。

「離陸後、頭上を旋回されよ、さもなければ、離陸が正しく完了したか分らないので」

出発。黄金の滑走路を、障害物のない空の隙間に向けて滑走する。俺の愛機「シムーン」[※41]型は、積載量がオーバーしているにも関わらず、前方の滑走路に余裕を持ってフワリと離陸する。俺の機を追ってくるサーチライトが邪魔で旋回できなかったが、しばらくして俺がまぶしがっているのに気付いたのか、すぐに追わなくなった。垂直に半回転するとまた、サーチライトがまともに俺の面を照らしたので直前で逸らし、長い金のフルートを横へ向ける。俺はこのオペレーションに何とも言いがたい慇懃さを覚える。

旋回して再び機首を砂漠へ。

※41　1930年代のフランスの4座単葉ツーリング機。

パリ、チュニス、ベンガジの観測所の予報じゃ時速三、四〇キロメートルの追い風が吹くということだ。俺は時速三〇〇キロの飛行速度を目安に、アレクサンドリアとカイロ[※42]を結ぶ直線の真ん中に狙いを定める。こうすりゃ海岸の飛行禁止区域を避けられるし、思いがけず謎の偏向風に吹かれて右か左に押し流されても、いずれせよ二つの町のどっちかの灯が見えるはずだ。風が安定していりゃフライトは三時間二〇分、追い風が弱まれば三時間四五分。

そんなこんなで、俺は目の前の一〇五〇キロの砂漠を片付けにかかった。もはや月影も見えない。黒いタールが星々のところまで広がっている。先には灯火もないし、目印になる物なんか何ひとつないだろう。無線機も搭載していないから、ナイル川に着くまでは他との通信も絶たれる。俺もコンパスとジャイロスコープ以外は見もしない。暗い計器盤のなかで動く細いラジウム針、そのゆっくりした呼吸以外、俺にとってどうでもいい。プレヴォが動くたびに、俺はこっそり重心の変化を修正する。

俺は順風が吹いていると伝えられていた、高度二〇〇〇メートルまで上昇する。長めの間をおきつつ、ランプを点けて発光しないエンジン系統の計器をチェックするが、大半は真っ暗闇の中だ。そこで空の星々と同じように無機質的で、微かに絶えなく光を放つ極小の星々に囲まれて過ごす。こいつらも星々と同じ言語で話す。俺だって天文学者みたいに、天体の仕組みを紐解いているわけだ。彼らに負けず、一途に頑張っているのだ。

※42　アレクサンドリア、カイロに次ぐエジプト第２の都市。カイロは、エジプトの首都。

やがて機外の物は、すべて消え失せた。眠気に耐えられずプレヴォが居眠りしているから、ますます侘しさがつのる。エンジンの微かなうなりが聞こえて、目の前の星達は計器盤の上で大人しくしている。俺は物思いに耽っている。月は当てに出来ないし、無線もない。ナイル川の光の網《あみ》に頭から突っ込むまでは、俺たちは世の中とは縁もゆかりもない。あらゆるものの蚊帳の外で、タールの中でぶら下がった俺たちを生きながらえさせるのはモーターだけだ。俺たちはファンタジーの巨大な暗黒の谷を渡ってるわけだ。試練の谷を。

ここでは誰も助けに来ちゃくれないし、失敗も許されない。俺たちの命はほとんど神頼みという感じ。配電盤のジョイント部分から光が一筋漏れているので、プレヴォを起こしてそれを消させる。奴は暗闇の中でクマみたいに体を動かし、ブルッと身震いしてから前に出る。それからよく分からないが、ハンカチと黒い紙を繋ぎ合わせるのに無我夢中だった。漏れていた光は消えた。しかし、それは俺の世界に入ったヒビだった。ラジウムのぼんやりして暗い光と別物で、いわばナイトクラブみたいな光で星明かりじゃなかった。問題はジョイント部分から漏れた光が俺の目を眩まし、他の微妙な光が見えなくなってしまったことだ。

三時間経った頃、右手に強力そうな閃光が目に入る。俺が目をやると、それまで死角になっていた翼の先端のストロボから光の筋が伸びている。それは明滅するタイプの光で、見えたり見えなかったりする。これは機が雲に侵入したということで、雲がストロボの光を反射していたのだ。目印になるものが近いから、できれば空が澄んでいりゃよかったが。光暈の中で翼が輝く。もはや光は明滅せず光り続け、翼の回りにピンクのバラの花束を作る。激しい乱気流で機体が揺すられる。

俺たちは厚さのまるで見当がつかない積雲の風の中を飛んでいた。高度二五〇〇メートルまで上昇しても、雲の外には出られなかった。高度一〇〇〇メートルまで降下する。バラの花束は、やっぱり消えないどころか、ますます強い光を放つ。まあいいだろう。仕方がない。他のことを考える。雲の外に出た時にでも分るだろう。それにしてもあの胡散《うさん》くさいホテルみたいな光は気に入らないけどな。

俺は胸の内で計算する。

「少し揺れるが、そりゃまあ当たり前だ。それにしても晴れているし、高いところを飛んでいるのにフライトの間じゅう、乱気流に振り回され続けている。風もおさまりそうにない。時速三〇〇キロ以上はでているだろう。それなら、今飛んでいるのは……」

そうこう言っても、けっきょく俺には何も正確なことは分らない。雲から出た時に位置を確認するしかないな。こうして俺は、雲の外に出た。バラの花束がいきなり霧散したことが、それを物語っていた。俺が前方に目を凝らすと、見えるか見えないかのギリギリで、晴れ間と迫りくる次の積雲の壁が見えた。早くも翼にはバラの花束がまた現れる。

どうやらほんの数秒間しか、このトリモチからは出られそうにない。三時間半も飛んだ後だから不安になってきた。というのも俺の想像通りに進んでいれば、ナイル川の近くを飛んでるはずだからだ。ツイていりゃ雲の隙間からナイルがみえるはずだが、そういう隙間なんてそうそう見つかるものでもない。まだ高度は落とせない、万一、スピードが思っていたより出ていなかったなら、まだ山の上を飛んでいる可能性だってあるのだから。

それでも俺は、依然として全くビビってはいなかった。時間のロスをしていないかだけが気がかりだった。俺は自分にタイムリミットを定めた。いわく四時間一五分の飛行。つまり、これだけの飛行時間の後だったら、たとえ完全に追い風がなくても（そんなことはまずありえないが）機はナイル渓谷を通り過ぎてしまっただろうということだ。積雲の縁まで来たら、花束はますます速いテンポで明滅を繰り返して、それから急に消えた。夜の悪魔と暗号を交わし合っているみたいで好きになれない。

目の前に灯台みたいに輝く緑色の星が現れる。あれは星か、それとも灯台か？　あの超自然的な明かり、あの東方三賢人を導いた星みたいな、危なっかしい招きも好きになれない。

プレヴォが目を覚まして、エンジンの計器盤に明かりを当てる。俺は奴とその明かりを押しやった。というのも、ちょうど雲と雲の間の裂け目に近づいていて、下界を見下ろすところだったから。プレヴォはまた眠り始める。

下界に見て参考になるものは何もない。

四時間五分が経って、プレヴォが俺のそばに来て座った。

「カイロに着く頃じゃないか……」

「そうだな」

「するとあれは星か、それとも灯台か？」

俺はさっきからエンジンの回転数を落としていたが、プレヴォが起きたのも多分そのせいだった。飛行中の音のあらゆる変化に敏感な野郎だ。雲塊の下に抜け出すために、ゆっくりと降下を始める。地図を確認したが、いずれにせよ、俺たちは海抜ゼロメートル地帯を飛んでいるはずなので、何のリスクもない。俺はなおも下降を続けながら真北に舵を切る。これでじきに窓から街の灯がみえるはずだ。街を通り過ぎちまっているのは確実だから、左手に見えてくるだろう。積雲の下を飛んでいたが、左手に広がった眼下へ沈み込む別の雲海に沿って飛んでいく。この雲の網に捕まらないように北北東に進路を向ける。

この雲は間違いなく下まで垂れ込んでいて、おかげで地平線全体を見渡すことはできない。とはいえ、もはや高度を下げることも考えられない。高度計は四〇〇メートルを指しているが、ここの気圧が確認できないからだ。プレヴォが屈《かが》む。俺は奴にこう叫んだ。

「海へ抜けるぞ。海に降りてやる、何かにブチ当たるのはご免だからな」

とはいえ、すでに俺たちが海上を迷走していないとも限らないのだ。この雲の下の闇は、まさに窺《うかが》い知れない。俺は窓にへばりついて眼下の灯、徴《しるし》を見つけようと目を凝らす。さながら灰を掻き回して、暖炉の奥から生命の残り火を探し出そうとする野郎のようだ。

「海の灯台だ！」

俺たちは、このチラつくトラップを同時に見た！　なんて酔狂な沙汰だ！　そもそもそいつぁ、この夜がでっちあげた亡霊の灯台だったのだから。

プレヴォと俺が身を乗り出して、翼下三〇〇メートルにあるそいつを見定めようとした瞬間、いきなり……

「うぉお！」

俺が言えたのは、それだけだった。世界を底から揺すぶる、とてつもない爆音だけが感じられた。俺たちは時速二七〇キロの猛スピードで、地面に叩き付けられていた。

続く百分の一秒間で、俺たちを呑み込む赤紫色の星みたいな大爆発が起こるということだけは分っていた。プレヴォも俺も、頭は空っぽだった。ただ次に起こる事への期待、一瞬で俺らをまとめて呑み込んじまうだろう、この赤紫のキラキラした星への待ち遠しさを覚えた。

だが星は現れなかった。その代わり、操縦室を滅茶滅茶にして窓を引裂き、鉄板を百メートルも吹っ飛ばす轟音に、ハラワタの底まで満たされたのだった。機体は硬い木に刺さったナイフみたいに、ガタガタと震えた。飛行機はありえないほど震え続けているから、俺は手榴弾よろしく機内の燃料が爆発するのをヤキモキしながら待っていた。

五秒、六秒……。いきなりグルグル回るみたいな感覚があった後に、またドカンときて煙草が窓から吹き飛ばされ、機体の右翼が木っ端みじんになった。その後は何も起きず、凍ったみたいに動かなくなった。プレヴォに叫ぶ。

「飛び降りろ！　すぐに！」

同時に奴も

「火事だ！」

俺たちは吹き飛んだ窓から飛び出して、二〇メートル先で立ち止まった。プレヴォに声を掛ける。

「けがはないか？」

「ないよ！」

そう答えつつも、奴は膝をさすっていた。俺が言う。

「触ったり動かしたりして、骨が折れてないか俺に言え」

奴が答える。

「大したことない。だが非常用ポンプが……」

俺はいきなり野郎が頭から臍までぱっくり割けて、ぶっ倒れちまうんじゃないかと思った。奴は俺を睨みつけ、繰り返した。

「非常用ポンプが！」

やれやれ、奴は頭が沸いてしまったみたいだ。じきに踊り出すぜ……。

だが、火災を免れた機から目を離すなり、俺を見てまたつぶやいた。

「なんでもないって、非常用ポンプが引っ掛かっただけだから」

3

俺たちが生きていることに、説明がつかない。俺は懐中電灯を片手に、地表に残った飛行機の跡を辿る。機体が停止したところから二五〇メートルの砂の上、道筋のいたるところに、ねじれた鉄片やら金属板やらがまき散らされてる。

夜明けに分ったことだが、どうやらここは無人の砂丘の頂で、機は緩やかな傾斜ギリギリの角度で突っ込んだみたいだ。衝突地点の砂地には、鋤をいれたみたいな穴がポッカリあいている。機体は怒り狂ったトカゲの尾みたいに、のたうちながらも横転することなく、腹を滑らせて突進した、さながら時速二七〇キロのヘッドスライディングだ。俺たちが命拾いしたのは、この辺の黒くて丸い小石が機体の下で転がって、キャスターの役割をしたおかげだ。

プレヴォは、後でショートして発火しないよう内蔵バッテリーの配線を切った。俺はエンジンにもたれて考えていた。航行中に四時間一五分も、時速五〇キロの風を喰らい続けてたせいだろう。なるほど、かなり揺られたからな。ただ初《しょ》っぱなの予報からは風向きも変わっているだろうし、さて、どっちに流されたか見当もつかない。ということは、一辺が四〇〇キロメートルの正方形のどっかに、俺たちはいることになるのだが。

プレヴォが俺の脇に座って言った。

「生きてんのが信じられないな……」

俺は応えないし、別に嬉しくもない。さっきちらっと脳内を掠めた考えが一人歩きして、いくらか俺を苦しめ始めた。プレヴォに点《つ》けさせたランプを目印に、俺は懐中電灯を片手にまっすぐ進む。ゆっくり歩きながら地表を見る。大きな半円を描きつつ、何度も方向を変えて、落とした指輪を探すみたいに舐めるように探す。ついさっきまで、こんな風に機上から灯火を探していたっけ。そして今も闇の中を彷徨いながら、懐中電灯が描く白い円盤を覗き込んでいる。

やっぱりそうか、思った通りだ……。とぼとぼと飛行機の方に引き返し、コックピットの脇に座って物思いに耽る。希望の手がかりを探したが、何一つ見つかりゃしない。俺は生き物の出すサインを探したが、生き物の方は俺に何の合図もしてこない。

「プレヴォよ、草一本生えてない」

その意味を分ったかどうか知らないが、プレヴォは黙りこくっている。まあ、暗幕《あんまく》が上がって日が昇ったらまた話すか。

死ぬ程クタクタだ。俺は思った。

「砂漠ん中、四〇〇キロかよ！　……」

急に俺は跳び上がった。

「水だ！」

燃料タンクも滑油タンクも引き裂かれていた。飲み水のタンクもだ。砂が全部吸ってしまったのだ。粉々になった魔法瓶の底に半リットルのコーヒー、別の魔法瓶の底に四分の一リットルの白ワインが残ってるのを見つけたので、二種類の液体を漉《こ》して混ぜる。あとブドウ少々とオレンジだ。俺はこう見積もった。

「炎天下の砂漠をほっつき歩きゃ、こんなの五時間でなくなってしまうぜ」

俺たちはコックピットで日の出を待つことにする。横になったらウトウトしてきた。眠りに落ちつつこのドタバタ劇をまとめてみる。俺たちは自分が今どこにいるのかも分らない。おまけに水分は一リットルもない。もし俺たちが目的地までの直線上にいれば、八日目に救助隊に発見されるはずだ。いや逆に最低八日はかかってしまうだろうが、それまで保つはずがない。この直線コースから横にズレていたとしたら、六ヶ月はかかるはずだ。さりとて飛行機での捜索は頼りない。捜索範囲が三〇〇〇キロ以上になってしまうからだ。

「クソっ！　無念だ……」

とプレヴォ。

「どうしたよ？」

「いっそ、一思いにくたばってたらな……」

まあ、そんなに慌ててギブアップすることもない。頭を冷やそうか。奇跡的に空からの救助があるかもしれないじゃないか。ありえないかも知れないが、ちょっとでもチャンスがあるなら見過ごせない。ここに留まるのもいけない、近くにオアシスがある可能性だってある。夜が明けたら一日中ほっつき回って、晩にはここに戻る。出かける前には砂の上にでかい文字で、俺たちのスケジュールを書き残すのだ。

俺は体を丸めた。夜明けまで寝るか。眠りに落ちるのが嬉しくてたまらない。ヘトヘトに疲れているせいで、いろんなものが目に浮かぶ。だから砂漠でも一人ぼっちじゃないのだ。夢うつつにいろんな声やら思い出だの、ヒソヒソ声の内緒話でいっぱいだ。今のところまだ喉も渇いていないし、絶好調だ。夜ばいをかけるみたいに眠りに落ちる。夢が現実に取って代わる……。まあ！　朝になったら夢と大違いだったのだが！

4

俺はサハラ砂漠に首ったけだった。不帰順地帯で何泊もしたし、朝起きたら風に吹かれて、海みたいに波の模様のついた黄金の広がりの中にいたこともある。レスキューを待ちながら、機翼の下でまどろんだこともあったが、今回はそれとは比較にならない。

山なりの丘の斜面を歩く。足下の砂は一面ツヤツヤした黒い小石の層に覆われていた。金属でできた鱗《うろこ》みたいだ。周りの丸い丘はみんな鎧みたいにギラギラしている。俺たちは鉱物の世界に転がり込んで、鉄の風景に閉じ込められちまった。

最初の丘を越すと、すぐ先に似たようなツヤツヤした別の黒い丘が現れる。足先で地面を掻くのは、後で戻るときの目印にするためだ。歩く先にはお日様がある。進路を真東に決めたのは理屈に合わなかった。というのも天気や飛行時間を考えても、ナイル川はもう渡っちまっているだろうから。いちおう西にもちょっと行ってみたのだが、妙に引っかかるものがあり、そっちは明日行くことにした。北に行きゃ海にでるが、いったん保留だ。

この三日後、トチ狂った俺たちは飛行機を捨ててぶっ倒れるまでひた歩くことになるのだが、その方角もやっぱり東だった。まあ正しくは東北東にだが、これだって筋が通らないし、助かる希望をむざむざ捨てる可能性もあった。しかし、助け出された後で分ったのだが、東北東以外どの方角に行ってても、俺たちは生きて帰れなかったらしい。もし北へ行っていても、海に着く前に力尽きていただろう。

今から思えば、我ながらバカげていたと思うが、俺がこの方向を選んだ訳はただ、アンデス山脈で遭難したギヨメが東を目指して生還したからだった。俺たちが血眼になって探しても見つからなかったのに。他に決め手になるようなものは何もなかった。あれがあってから、東は俺にとってなんとなく命拾いできそうな方向になったのだ。

五時間も経つと、景色が変わってしまった。砂の川が谷に向かって流れていくみたいだったので、俺たちはこの谷底に沿って進む。大股で歩く。なるべく遠くまで歩いて、それでも何も見つからなきゃ、夜明けまでに戻らなきゃならない。

「プレヴォ」

「どうした？」

「目印だよ……」

どのくらいか、道しるべをつけ忘れちまっていた。見つからなきゃ、お陀仏だ。

俺たちはUターンする、やや右寄りに。充分に距離を稼いだら最初に行った進行方向に垂直方向の線上にターンする、そうすりゃ足跡をつけた道に交わるという算段だ。そんなこんなで、切れた糸を継ぎ直した俺たちはまた歩き出す。ずいぶん暑くなってきたので、蜃気楼が出ていた。

だがこんなのは序の口だ。デカい湖が現れるのだが、近づくと消える。砂の谷間を越え、あたりで一番でかい砂丘に上って地平線を見ることにする。もう六時間も歩いてる。大股で歩いたから、距離は三五キロメートルくらいかな。黒い砂丘の頂上に着いて、俺たちは何もいわず腰を下ろす。

足下の砂の谷は、石の混じってない別の砂漠に続いている。砂地の白い光で、目が潰れそうに眩しい。見渡すかぎり空っぽだが、地平線には光のいたずらで、さっきより禍々《まがまが》しい蜃気楼が浮かんでいる。要塞やらモスクの尖塔やら、垂直な線でできた幾何学的な塊など。草むらに見えるデカい黒い斑点みたいなものも見えるが、その上には昼には消えて夜にはまた沸いてくるあの雲の名残が浮かんでいる。つまり積雲の影だ。

これ以上進んでも意味がないし、こんなことをしても何にもならない。飛行機のところに戻らねばならない。ボディーの赤と白が標識代わりに、俺たちを探す同僚たちの目印になるかもしれない。空からの救援なんか、これっぽっちも期待していないが、助かるにはこれしかないだろう。第一、ちょっとだが液体の残りも置いてあるから、是が非でもあの液体で喉を潤さないと。生き延びるためには戻るしかない。俺たちは鉄柵に丸く囲まれた囚人だ。水がないから、この丸い囲いの中でしか動けない。

　それにしても、その方向に歩き続けりゃ命拾いできるかもしれないのに……そんな風に思ったら、引き返すなんてなかなかできることじゃない！　蜃気楼の向こうの地平線には、本物の街や真水を満たした運河、そして牧草地などが、ゴロゴロしてるかもしれないのに。Uターンが正しいのは分る。なのにこの苦渋のUターンをした瞬間、その場にぶっ倒れちまいそうだ。そんな次第で、俺たちは飛行機の傍で横になった。六〇キロ以上歩き回った挙げ句、残っていた液体は飲み干してしまった。

　東の方じゃ何も見つからなかったし、同僚は誰一人、頭上に現れやしなかった。どれだけもつかな？　もう喉はカラカラだ……。

　俺たちはバラバラになった機翼の破片を集めてきて、でかい焚き火台を作った。ガソリンと強力な白い閃光《せんこう》を放つマグネシウム板を用意して、日が暮れて充分に辺りが暗くなるのを見計らって点火した。それにしても人間どもはどこにいる？

　炎が燃え上がる。俺たちは砂漠の救難信号灯が燃えるのを、一途《いちず》に見つめている。キラキラ輝く無音のメッセージが、闇夜に広がっていくのを見つめる。すでに悲痛な叫びがこもっていると同時に、愛《いと》おしさの溢れるメッセージだ。飲み物が要るのは確かだが、話し相手も欲しいじゃないか。他にもう一つくらい篝火《かがりび》があれば、もっといいんだが。火を持っているのは人間だけなのだから。応えやがれ、人間！

女房の目が浮かんでくる。その目以外は眼中にない。目が俺に問いかけてくる。俺のことを心配してくれているだろう、あらゆる連中の目が浮かぶ。奴らの目が問いかけてくる。全ての目が寄ってたかって、黙っている俺を責めてきやがる。いやいや、俺は応えている！　夜中に火を焚《た》いて、力いっぱい応えてるじゃないか！　これ以上なにができるってんだ！

俺たちは、できるだけのことはやった。やれるかぎりのことはやりつくした。ほとんど何も飲まずに六〇キロも歩いた。飲むものはもう一滴もないから、俺たちはいつまでも待つことはできない。それも俺たちのせいだろうか？　水さえあれば大人しく待っていられる。水瓢箪を吸いながら。だが錫《すず》のコップの底に残ってた液体を啜《すす》った瞬間から、秒読みが始まった。最後の一滴を飲み干した瞬間から、俺は坂道を転がりだした。川みたいに時間に押し流される。俺に何ができるというのだ？　プレヴォが泣いている。俺は奴の肩を叩く。気休めにこう言う。

「くたばるときは、くたばるだけさ」

奴はこう答える。

「俺が自分のことで泣いてると思ってんのか……」

それだ！　俺は当然この当たり前の事実を知っていた。耐えられないものなんてない。

女房の目が浮かんでくる。その目以外は眼中にない。（176頁）

明日、明後日、身にしみるはずなのだ、耐えられないことなんて、ほんとはありはしないのだと。拷問ですら本当に耐えられないかは疑わしい。以前そのことについて、よく考えたものだ。

一度はコックピットに閉じ込められたまま、海で溺れ死にかけたが、その時もあまり苦しまなかった。何度か飛行機が墜落しかけたこともあるが、大したことには思えなかった。今の状況でも、やっぱりこれっぽっちも苦しまないだろう。明日にはそのことを実感する、もっと奇天烈なことがおきるだろう。大っぴらに焚き火なんかしておいてなんだが、このメッセージが誰かに届くことも内心諦めていた。

「自分のことで泣いてると思ってんのか……」

そう、それだ。それこそが耐えられない。俺を待ってる連中の目を思うたびに、身を焼かれるみたいだ。すぐに立ち上がって、そのまま真っすぐ走り出したくなる。あっちで誰かが助けを求めて叫んでる、誰かが難破しかけている！

立場が逆で妙なんだが、俺はいつもそうだと思ってる。だが、それがそうだと確信するためには、プレヴォが必要だった。プレヴォにしたって、耳にタコができるくらい聞かされてきた「死の前の苦しみ」なんて気にしちゃいない。だが奴にも俺にも耐えらない何かがあるのだ。

おう！　寝るよ、寝てやるぜ、それはかまわない、何晩でも何世紀でも。いったん眠ってしまったら、どっちでも変わらない。それになんてお気楽なものだ！　だが、あの叫びが、でっかい絶望の炎が……想像するだに忍びない。手をこまねいて、難破しかけている奴らを眺めていることなんて出来ない。黙ってりゃ刻一刻、俺のお気に入りの連中が血祭りに上げられていく。押さえがたい怒りがこみあげてくる。なんでこの鎖が、俺を邪魔しやがるのだ？　手遅れになる前に、溺れている連中を助け出さなきゃいけないのに。なんでキャンプファイヤーは、俺たちの叫びを世界の果てまで運んでくれないのだ？　待ってろ！　今すぐ行くから、そっちに行くから！　レスキュー隊は俺たちなのだ。

マグネシウムは燃え尽きて、火が赤くなった。チラチラ燃える残り火しかない。そこに俺たちは身を屈めて暖をとる。俺たちの壮大な光のメッセージはお開きだ。世界で何が変わった？　畜生、知ってるさ！　何も変わっちゃいない。聞き入れてもらえなかった祈りの一つにすぎない。もういいだろう、寝るぜ。

5

明け方、翼を布切れで拭って、塗装やオイル混じりの夜露をコップの底に集めた。吐き気がするレベルの代物だったが、それでも飲み下した。悪あがきだが、少なくとも唇は潤《うるお》せた。このご馳走の後、プレヴォがこうほざく。

「銃があるのがせめてもだ」

突然、俺は攻撃的になって、トゲトゲしい悪意もあらわに奴と向き合う。今の状況で、こういうおセンチな愚痴以上にムカつくものはない。絶対にこう考えないとダメだ。なんでもちょろいのだと。生まれるのもちょろければ、育つのもちょろい。おまけに喉が渇いて死ぬのもちょろいのだと。

必要なら黙らせるために、シバいてやるつもりだ。プレヴォを横目でじろじろ見る。なのにプレヴォはお気楽に、衛生上の問題でも扱うみたいにこの話題に触れた。「手を洗わないとな」とでも言うようにこの話題に触れた。それなら別に異存ない。昨日、革のガンホルダーを見ながら、俺もそんなことも考えた。俺の考えは合理的でこそあれ、おセンチなものじゃなかった。辛いのは人間関係だけだ。俺たちが拘る連中に、安堵させてあげられない無力感だけだ。銃の話じゃないのだ。

やっぱり救援隊はこない、というかむしろ〝明後日〟のところを探しているのだろう。たぶんアラビア半島あたりを。実際のところ、飛行機の音を聞いたのは、翌日俺たちが飛行機を捨てて、歩き出したときだった。しかも、俺たちが見たその一回きりの飛行機も遥か彼方だったので、こっちには気付かずじまいにちがいない。砂漠一面に腐るほど散らばってる黒点に紛れちまえば、その中の一点を見つけてもらおうなんて、期待するだけ無駄なことだ。後日、この救助からも見放された「受難」中の俺たちの心境を言い得たコメントは、ついぞ見かけたことがない。そもそも俺にとっちゃ「受難」じゃなかった。救援隊は俺たちとは無関係に余所の世界を飛び回っているみたいにしか感じられなかったからだ。

砂漠で行方不明になった飛行機を、三〇〇〇キロの範囲内でさがすには、一五日間はかかるだろう。連中は今頃、北アフリカのトリポリタニアからアラビア半島まで探しまわっているはずだ。だが、こうなったらこのワンチャンスにかけるしかない。

そこで作戦変更だ。探検は俺一人でこなし、プレヴォはキャンプファイヤーを用意しておいて、空からの客を見付け次第、着火する役だ。といっても結局、一人も来やしなかったのだが。

ということで、俺は出かける。戻ってくる体力があるかすら分らないが、リビアの砂漠について覚えた内容を思い出す。サハラ砂漠には湿度が四〇パーセントもあるのに、リビア砂漠じゃ一八パーセントまで下がる。生き物は湯煙みたいに蒸発しちまうのだ。

ベドウィン族[※43]や旅行者、植民地の将校たちが口を揃えて言うことだが、人間は水なしでも一九時間は保つらしい。二〇時間も経つと目の前いっぱいに光が見えて、こうなりゃもう終わりが近い。喉の渇きも急激に進むということだ。

東北の風、予報に反して俺たちを騙した挙げ句、この台地に釘付けにしたありえない風、それが今や俺たちを生き延びさせているのは間違いない。それにしても、目の前いっぱいの光を、

※43　中東の砂漠に住む遊牧民。

どれだけ遅らせてくれるかは分ったもんじゃない。とにかく出かける。カヌーで大洋に漕ぎ出すみたいな気分だ。それでも朝日のせいで、周りの殺風景な感じは薄れていた。畑荒らしみたいにポケットに手を突っ込んで歩きだす。

昨晩、謎の巣穴があったので、そのいくつかの入り口にトラップを仕掛けておいた。俺の中で密猟者が目覚める。真っ先にトラップをチェックするが空っぽだ。これで血は飲めない。正直、あまり乗り気でもなかったのだが。

だから俺は凹《へこ》むどころか、興味がわいた。どうやってこの生き物は砂漠なんかで生きていけるのだ？　多分こいつは「フェネック」別名を砂キツネとかいうやつだ。ウサギサイズの小型肉食動物で耳がでかい。好奇心を抑えられず、その足跡の一つを辿ると、それは狭い砂の流れに続いていて、そこにはっきりと足跡がついていた。扇形の三本の指からなる、かわいいヤシの葉の模様に俺はメロメロになった。

暁光《ぎょうこう》の中で駆け回ったり、石についた夜露を舐めるこの相棒の姿を思い描く。足跡の間隔が空いてるから、ここで連中は走ったのだな、ここじゃ、別の足跡が合流しているから仲間と駆け回ったな、とか。俺は妙なワクワク感を抱きつつ、奴らの朝の散歩にお邪魔する。連中の生きてる証しが愛《いと》おしい。束の間だが、喉の渇きすら忘れる……。

いよいよ、キツネどもの狩り場に近づく。一〇〇メートルおきに生えているスープ壷サイズの乾涸《ひから》びた小灌木《かんぼく》で、茎のとこに小さな金色のカタツムリがびっしりついている。明け方になると、フェネックが腹を満たしにくる訳だ。ここで俺は大きな自然のミステリーにブチあたる。俺のフェネックたちは、灌木なら手当たり次第に止まる訳じゃない。カタツムリを張り付けた木があったって、それを素通りしているみたいだし、奴らが明らかに距離をとってるような木もある。奴らが近づいたのもあるが、食い荒らした感じじゃない。二つ三つつまみ食いして、食事処を変えちまうのだ。

朝の散歩の楽しみを長引かせるために、すぐに腹がいっぱいにならないようにしているのか？　そうは思わない。奴の遊びは奴に必要な生存戦略に適《かな》いすぎている。フェネックが最初の灌木でカタツムリを腹一杯喰ってしまったら、二、三度の食事で生き物のストックが尽きちまう。それでは木から木へと、次々にカタツムリの養殖場を根絶やしにしちまうことになる。

だがフェネックは、種まきを邪魔しないようにする。一回の食事でもこれら茶色の灌木を百株以上も巡るし、同じ枝で隣り合ったカタツムリを二つとも喰ってしまうことも絶対にない。まるでリスクを意識しているみたいに振る舞う。もし奴が用心せずに満腹になるまで喰ったら、カタツムリはいなくなってしまう。カタツムリがいなくなれば、フェネックだっていられないのだ。

足跡を辿って巣穴に戻る。たぶんフェネックは、中で俺の足音にビビりながら耳を澄ましているのだろう。俺は奴に呼びかける。

「おい、チビのキツネ、俺はもうダメだ。でもおかしいよな、お前らの機嫌がどうしても気になっちまうんだから……」

そして俺は、その場で夢想に耽る。どうやら俺たちは何にでも慣れちまうみたいだ。多分三〇年後に死ぬかもしれないと思っていても、今この瞬間の喜びは減らない。三〇年後だろうが、三日後だろうが、早い話、〝遠近法〟の問題なのだ。

まあ、そう言切ってしまうためには、いやでも忘れてしまわなきゃならない思い出もあるのだが……俺は道を歩き出す。疲れてるせいで、俺の中で何かが変形していく。実際には蜃気楼はないのだが、自分で勝手に作り出しちまうらしい……。

「おぉい！」

俺は両腕を挙げて叫び声をあげたが、なにかの身振りをしているように見えた男はただの黒い岩だった。砂漠のあらゆるものが動き出す。眠っているベドウィン族の野郎を起こそうとしたら、そいつは黒い木の幹に変わってしまう。待て、木の幹だと？　そんなものがここにあることにビックリだ。覗き込んで折れた枝を拾い上げようとすると、なんとそいつは大理石でで

第７章　砂漠のど真ん中で

「おい、チビのキツネ、俺はもうダメだ。でもおかしいよな、お前らの機嫌がどうしても気になっちまうんだから……」（184頁）

きている！　俺が居直って周りを見回すと、他の黒い大理石がゴロゴロしてる。太古の森の砕けた木の幹が地面のいたるところに転がってる。一〇万年も昔、創世記の大嵐で森は大聖堂みたいに崩れ去ったのだ。

それから何世紀もかかって、巨大な丸太ん棒の柱が鋼鉄みたいにピカピカに磨かれて俺の眼前にある。石化し結晶化して、墨汁みたいに真っ黒だ。まだ枝の節目が見て取れるのだってある。木が生きていて、体を捻ってるみたいだ。幹の年輪だって数えられる。大昔には小鳥とそのさえずりが、森に満ちていたに違いない。そんな森は神の呪いに祟《たた》られて、塩になってしまった。

ここの風景には、トゲトゲしいものがある。半球の丘の黒い甲冑《かっちゅう》よりも黒くて、仰々《ぎょうぎょう》しいこの時間の忘れ物は、俺を拒絶している。永遠不変の大理石に囲まれて、生身の人間である俺に何ができる？　永劫の時間の中で、滅ぶべき存在、消え去るべき肉体をもった俺に何ができる？

昨日からもう、八〇キロも歩きっぱなしなのだ。多分めまいがしてるのは、喉の渇きのせいか太陽のせいだ。大理石の幹に日が当たって、オイルを塗ったみたいにテカテカ光る。宇宙の甲羅が光ってる。ここまでくれば砂もキツネもない。特大の金床しかここにはない。それで俺はその金床の上を歩いてるのだ。頭の中で太陽がガンガン響いてるみたいだ。

おお！　あれは……

「おいっ！　おぉい！」

「何もありゃしないんだよ、バタバタしてんじゃない、錯乱しちまったのかよ」

正気を呼び起すために、俺は独りゴチる。目の前にあるものをないことになんかできない。あの移動中の隊商に向かって、駆け出さずに居られない。ほら！　あそこだ……見えるだろ。

「アホが、自分で作ったもんじゃないか。分ってんだろう」

「だったらこの世には、本物なんてないのかよ……」

本物なんてないよ、ここから二〇キロ離れた丘の上にある、あの十字架以外はな。あれば十字架か、それか灯台だぜ……。あの方向に海はないから十字架だ。昨日は一晩中、地図を調べていた。自分の今の位置が分ってないのだから、そんなことしても意味はないのだが、それでもヒトがいそうな記号は全部チェックした。すると地図上のどこかに、これに似た十字架を載っけた小さな円の記号を見つけたのだ。註を探すと「宗教施設」とある。十字架の横に黒い点が見えたので、また註を見るとこうある。

「涸れない井戸」

胸がバクバクなる。

「涸れない井戸……涸れない井戸……涸れない井戸！」

と思わず声に出して読んだ。

涸れない井戸に比べりゃ、アリババが見つけたお宝なんざ、どんなもんよ？　ちょっと離れて、白い円が二つ付いてるのに気づいた。註を見ると「涸れる井戸」だと。こりゃ、ちょっと見劣りするぜ。それら以外近くには何もない。なんにもだ。

その宗教施設が目の前なのだ！　遭難した連中に見えるように、坊主どもが丘の上にでかい十字架を建てていたのだ！　あとはそっちに歩いていって、そこのドミニコ会の坊主の懐に飛び込むだけなのだ……。

「にしても、リビアにはコプト派[※44]の寺しかないはずだが」

「働き者のドミニコ会[※45]の坊主めざして……。そこには赤いタイル貼りの涼しくてきれいなピカピカの厨房があって、中庭には見事な錆びたポンプがあるのだ。その下には、ポンプの下には、分るよな……その錆びた手押しポンプの下にあるのが、涸れない井戸なのだ！　よっしゃ！　俺がチャイムを鳴らしたら、でかい呼び鈴を鳴らしたりしたら、もうお祭り騒ぎだ」

「バカ野郎、それじゃまるでプロヴァンスの一軒家じゃないか。呼び鈴のついている一軒家なんかないだろ」

「……俺がでかい鐘を鳴らしゃ、門番がバンザイしながら叫ぶんじゃないか！　あなた方は、我らが主の御使いでございましょうと。坊主どもはみんな呼び出されて、大わらわだ。連中はしみったれたガキにするみたいに俺を祝福する。それから俺を厨房に押しやり、こう言う、

※44　主にエジプトにおけるキリスト教信徒を指す。
※45　カトリックの修道会。日本にも17世紀初頭に伝わり、現在も布教活動が続けられている。

ちょっと、ちょっとお待ち、我が息子よ……涸れない井戸までひとっ走りしてきますからね」

「俺は嬉しすぎて震えながら……」

泣いたりはしないぞ、俺は。丘から十字架が突然消えてしまったからってな。

西の招きが嘘っぱちしかなかったので、真北に向きを変えるしかない。北には少なくとも海の歌が満ちているはずだ。そうだ！　この頂を越えりゃ、目の前いっぱいに地平線が広がる。世界一みごとな街が見えるはずだ。

「それが蜃気楼だって分ってるよな……」

蜃気楼だなんてこたぁ、分っている。誰も俺を騙せやしない。

だが、蜃気楼を信じることを望んだらどうだ？　銃眼のある城壁に囲まれて陽射しを浴びるあの街にのぼせ上がってしまったら？

疲れも嘘みたいになくなって、なんか楽しいぜ。足取りも軽くこのまま真っすぐ歩いていきたいと思ってしまったら……。プレヴォと銃、そんなもんどうだっていい！　酔っぱらっているほうがまだましだ！

俺は酔ってベロベロだ。喉はカラカラだ！

夕暮れが俺をシ・ラ・フに戻した。遠くまで来すぎたことにビビって急に立ち止まった。夕暮れ時とともに、蜃気楼はくたばる。地平線が手押しポンプやら宮殿、司祭服などをしまい込む。あとに残るのは砂漠の地平線だけだ。

「ずいぶん遠くまで来てしまったなぁ！　じきに夜だ。ここで朝まで待たないとな。だがそうしたら明日には足跡は消えちまうだろう。そうすりゃ、お前は行方知れずだ」

「だったらいっそのこと、このまままっすぐ進んだ方がいいんじゃないか……いまさら後戻りしても意味ないだろう？　海に向かって腕をのばしてよ、胸をひらきかけてるところなによ……後戻りは耐えられない、そんなのごめんだ」

「海なんてどこで見たんだ？　どだい辿り着けないぞ。多分三〇〇キロは離れてるからな。しかもプレヴォが飛行機の傍で首を長くして待ってやがんだぜ！　もう隊商に発見されたかもしれないぞ」

ああ、引き返すさ。だがとりあえず人間どもを呼んでからにするぜ。

「おぉい！」

神よ、この星には人間が住んでるんじゃないのかよ……

「おぉい！　誰か！……」

声が涸れてもう叫べない。こんなに叫んでいるのがアホみたいだ……もう一度。

「誰かぁ！」

仰々しく大げさに声が響く。そして俺は回れ右をする。

二時間も歩くと、プレヴォが空に打ち上げた照明弾が見えた。俺が迷子になったと思ってヤキモキしているのだろう。まあ……そんなこたぁ俺にはどうでもいい。

さらに一時間歩き……まだ五〇〇メートル。もう一〇〇メートル。あと五〇メートル。

「なっ！」

俺は口をあんぐり開けて立ち止まった。嬉しさが胸一杯に溢れる。俺は荒々しい喜びをなんとかこらえる。炎に照らされたプレヴォが、エンジンにもたれた二人のアラブ人としゃべっているじゃないか。俺にはまだ気付いていない。テンションが上がりすぎているのだろう。なんだ！　あいつみたいにここで待ってりゃよかったのか……そしたら今頃もう、お役御免だったんじゃないか！　ハイになって叫ぶ。

「おぉい！」

ベドウィン族の二人がびっくりして俺を見る。プレヴォは連中から離れて俺に向けダッシュする。俺が腕を広げるとプレヴォが慌ててひじをつかむ。俺は倒れかけてたのか？　野郎に声をかける。

「やったじゃないか！　やっとだな」

「何が？」

「アラブ人だよ！」

「どのアラブ人だ？」

「いるじゃないか、アラブ人どもが！　お前と一緒に」

プレヴォが訝《いぶか》し気に俺を見る。しぶしぶ俺にでかい秘密を打ち明けるみたいに言う。

「アラブ人なんか……いやしないぞ」

今度こそ泣くかも。

6

ここじゃ水なしでも一九時間はもつらしいのだが、俺たちが昨日の夜から口にしたものは何だと思う？　夜明けに飲んだ数滴の朝露だけだ！

だが北東からの風がずっと吹いていて、俺たちがカリカリに乾涸びちまうのを遅らせるのにひと役買っている。空にモクモクと雲の高層ビルを建てているのもこの風だ。ああ！　雲が俺たちのところまできて雨を降らせてくれりゃいいのだが！　どっこい砂漠で雨が降ることはまずない。

「パラシュートを切るぞ、プレヴォ。いくつかの三角形にな。それらを地面に広げて石を重しにする。もし風向きが変わらなけりゃ、夜明けには布切れで拭《ぬぐ》ってガソリンタンクに夜露を溜《た》められるぜ」

星空の下に、六枚の白い布地を並べた。プレヴォはタンクの一つを外した。あとは夜明けを待つだけだ。あり得ないことにプレヴォがオレンジを、飛行機の残骸の中から奇跡的にも一つ見つけたので、二人で分け合った。二〇リットルの水が必要な今の状況じゃ些細なものだが、それでも俺は嬉しさのあまり、頭が混乱するほどだった。

篝火の脇に寝そべった俺は、ピカピカ光るフルーツを見て独りゴチた。

「世の中の奴らはオレンジ一つがどんなもんか分っちゃいない」

また

「棺桶に半分足をつっこんだ俺たちだし、それも重々承知だ。それでもまだ、俺たちの嬉しさは変わんない。手の中のこのオレンジ半分で人生最高レベルの幸せが味わえるぜ」

とも。

仰向けでオレンジにかぶりつきながら、流れ星を数える。その時、一瞬だったが、無限にハッピーな気分になって、俺はまた独りゴチる。

「俺たちは娑婆のルールに従って生きているわけだが、一度その中に閉じ込められてみない限り娑婆がどんなもんか何て分からないもんだ」

今となりゃ、こんなつまんない施しを、なぜ受け取るのか解せなかったが、タバコ一本とラム酒一杯が、死刑囚にはどれだけのものかが分かる。フタを開けてみると、これが尋常ならざる喜びなわけだ。普通死刑囚は肝が座ってると思うが、実のところラム酒を飲めるからニヤけるのだ。奴が時間の遠近法《パース》を変えて最期の一刻を、一生に引き延ばしちまうなんてなかなか知りようがないだろう。

スゲぇ量の水を集めてやった。二リットルはありそうだ。喉の渇きとはおさらばだ！　助かった、飲んでやる！　タンクから錫のコップで一杯掬《すく》いとると、見事な黄緑色をしてるじゃないか。試しに一口含むと凄まじくエグい。喉がカラカラなのに、いったん息を整えないと飲み下せないレベルだ。泥でもなんでも飲んでやるつもりだったが、この毒性の金属の味は喉の渇きに勝るほどだった。

プレヴォに目をやると、何か探してるみたいに目を伏せてグルグル歩き回ってから、いきなり前のめりに吐きやがった。三〇秒後、今度は俺の番だ。四つん這いになって砂を掻きむしるほど痙攣しながら吐き散らす。互いに声も掛けられないまま、一五分間はのたうち回って、胃液がほとんどなくなるまで吐き続けた。

ようやく治まって吐き気は遠のいたが、俺たちの最後の望みも消えてしまった。この不手際がパラシュートの塗料のせいだったのか、タンクの底の四塩化炭素の澱《よど》みのせいだったのかは分からないが、とにかく別の容器か別の布地を使ってりゃよかったかも。

こうなったら、ダッシュするしかない！　日が昇った、行くぜ！　この呪われた丘からトンズラこいたら、大股で自分の前の道をまっすぐ行くしかない。ぶっ倒れるまでな。アンデスでのギヨメがいい例だ。そういえば、昨日からやたらに奴のことを考えちまう。「飛行機から離れるな」という鉄則には反するのだが、ここにいたって埒があかない。

あらためて、遭難しているのは俺たちの方じゃないのだと気付く。遭難者は俺たちを待つ奴らなのだ！　俺たちと音信不通になったことに、ソワソワと気を揉んでる連中だ。先走ったことを想像して、もうボロボロになってしまった野郎どもだ。そいつらの方にダッシュしなきゃならない。ギヨメもアンデス山脈で生き延びたときにこう言った、奴の方が待っている連中のためにダッシュしたのだと。これは誰にでも当てはまる事実に違いない。

「俺がこの世に一人だったら」

とプレヴォが俺に言う。

「ポックリ逝ってしまうだろうな」

東北東を目指してまっすぐに歩いてるのだが、俺たちがもしもナイル川を越えちまっていたとしたら、一歩進むたびにアラビア砂漠の奥深くに入り込んじまっていることになる。その日のことは何も思い出せない。何もかもが、待ち遠しかったこと以外は。自分がぶっ倒れるのが待ちきれなかった。下を見て歩いていたのも覚えている。蜃気楼がウザかったからだ。

時々コンパスで方向を直して、たまに寝っ転がって一息ついた。夜の防寒対策のために持ってきたレインコートはどっかで捨ててしまった。他は何も思い出せない。夕涼みのあたりからは記憶がまた蘇《よみがえ》る。俺自身が砂みたいになっちまった。頭の中のものが、何もかも消え失せてしまったのだ。


日暮れになったら、ビバークすることにした。水なしで一晩過ごしてしまったらお陀仏だから、まだまだ歩いた方がいいのは分ってる。パラシュートの切れ端は持ってきたので、昨日の毒の味が塗装のせいじゃなきゃ、朝には水にありつける。星空の下でもう一度、夜露の罠を張っておかないと。

だが北の空を見りゃ、雲一つない澄みきった夜空だ。風の感じも風向きも変わってしまった。早くも砂漠の熱い吐息が俺たちを掠《かす》めていく。まさに野獣の目覚めだ！　野獣が俺たちの手や顔などをなめている感じだ。このまま歩いたって一〇キロも進めないだろう。三日間何も飲まないで一八〇キロも歩き続けたのだから……立ち止まった瞬間に、プレヴォが言った。

「あれば確かに湖だ」

「イカれてんのか、お前は！」

「こんな夕暮れ時に、あれが蜃気楼なはずあっかよ？」

俺が答えないのは、とっくに自分の目玉を信じなくなっていたからだ。蜃気楼じゃないとしたら、俺たちの狂気が生んだ幻想に違いない。プレヴォめ、どうしたら、そんなもんに騙されちまうのだ？

「二〇分もあれば十分だ、俺は行くぜ……」

と粘《ねば》るプレヴォ。

あんまりしつこいので、ムカついてきた。

「行っちまえ、深呼吸でも何でもしに行きやがれ。健康には結構だろうよ。言っとくがお前の湖がホントにあったとしても、どうせ塩湖だろう。覚悟しておけよ、塩っぱかろうが甘かろうが、ずっと遠くだからな。だいたい湖なんてもんありゃしない」

遠くの一点を目指して、プレヴォはかなり離れちまっていた。俺も知っているが、つべこべ言わず吸い寄せられちまうのだ！

「まっすぐ列車に飛び込んじまう夢遊病者だっているしな」

と俺は呟く。プレヴォは戻ってこないはずだ。何もない空間の目眩《めまい》に捕われたら最後、あと戻りできなくなってしまうのだ。ちょっと先のところで、あいつはぶっ倒れるだろう。奴は奴でくたばるし、俺は俺でくたばる。どうでもいい話だ……。

やけっぱちになるのが幸先よいとは思わないが、溺れ死にかけた時も、こんな風に呑気だった。この際、腹ばいになって石の上に遺書でも書いてやる。クールで立派な俺の文章は、ためになるアドバイスが満載だし、読み返すに鼻高々で気分がいい。読んだ連中は口々にこういうはずだ「すげえ遺言じゃないか！　惜しい野郎を亡くした」。

俺は自分の体調をチェックしたかったので、唾液を溜めてみる。もう何時間もツバを吐いていないのに口の中がバサバサで唾が湧かない。口を塞いだままだと、ベタベタしたもので唇が塞がってしまう。それが乾燥すると、口の外に硬い蓋を作りやがるのだ。まだ頑張りゃツバは飲み込めるし、両目いっぱいの光もまだ見えない。このキラキラが目にちらつき出したら最後、もって二時間だろうな。

もう夜だ。月は昨日より太っている。プレヴォは戻ってこない。俺は仰向けに寝っ転がって、分かりきったことをグチグチと考える。そういや、前にもこんな感じがしたことがあったぞ。いつだったかな、俺は……何かに乗って……そうだ、船だ！　南米に向かう船上だった。こんな風に上甲板で伸びていた。マストの先は星々の間で、ゆっくり縦横にゆらゆらしていたな。ここにはマストこそないが、とにかく〝船〟には乗せられてる。泣いても笑っても変えられない方向へ奴隷商人が俺をふん縛って、〝奴隷船〟に放り込んじまったからな。

戻ってこないプレヴォを思う。奴が泣きごとをはくのは一度も聞いたことがない。いいことだ。愚痴を聞くなんて耐えられないからな。プレヴォこそ真の漢《おとこ》だ。

やれやれ！　五〇〇メートルも先で奴がランプを振りだした！　道に迷ったみたいだ。俺の方にはそれに応えるランプがない。そんで立ち上がって叫ぶが、あいつには聞こえていない……。

奴から二〇〇メートルのとこでランプが点《つ》く、それから三つ目が。マジかよ、これじゃまるで、捜索隊が俺を探してるみたいじゃないか！

「おぉい！」

叫ぶが聞こえていない。

三つのランプが呼びかけあっていた。俺はまともだ。落ち着いてるし、今夜は完全に正気だ。目を皿にして見るが、やっぱりランプは五〇〇メートル先に三つある。

「おぉい！」

やっぱり聞こえていない。

一瞬、頭の中が真っ白になる。知る限り後にも先にも、パニクったのはこの一回きりだ。ウオオォ！　俺はまだ走れる。

「待て……待ちやが……」

どっかへ行ってしまう！　遠ざかって他を探しに行っちまったら、俺はぶっ倒れちまうのだ。俺への救いの手が伸びようとするその時に、俺はこの世の出口から滑り落ちてしまう！

「おぉい！　おぉい！」

「おぉい！」

連中が気付いたみたいだ。息が、息ができない。それでもまだ走る。声の方へ走る。

「おぉい！」

プレヴォが見えて、俺はブッ倒れる。

「ランプが全部見えたと思ったらよ！」

「どれだよ？」

確かに一つしかない。今回はがっかりはしなかった。かわりに、ムラムラと怒りがこみ上げてきた。

「お前のほうの、湖はどうよ？」

「近づくたびに遠ざかってしまうんだよ。三〇分も歩いたが、まだまだ遠かったんで引き返してきた。マジで間違いねえ、あれば湖なんだ……」

「お前はキチガイだ、頭が完全に沸いてしまったんだ。クソが！　なんてことした？……なんでだ？」

なんで？　なんでだ？　ムカつきすぎて泣けてきたが、なんでキレたのかは、自分でもよくわからない。とにかくプレヴァは消え入りそうな声で言い訳した。

「なんとしても水が欲しかった……お前の唇が真っ白だったからな」

怒りは治まって、目が覚めた時みたいに目をこする。惨めったらしい。俺は静かにごちった。

「俺は見たんだ……今お前を見てるくらいはっきりとな、間違いなくライトは三つあった。シッカリ見たんだ、プレヴァ！」

プレヴァはしばらく無言だったが、ついにこう吐き捨てた。

「いよいよヤベぇな」

空気に水蒸気がないせいで、ここの土からは熱がどんどん逃げていく。堪え難い寒さに体を起こして歩き出してもじきに我慢できない震えが襲ってくる。水気がなくなって血液の循環がすごく悪いせいで、刺すみたいな寒さだ。

夜の寒さってだけじゃない。歯がガチガチ鳴るし、体中がガクガク震えちまう。手が震えすぎてまともに持てないから、懐中電灯も役に立たないほどだ。寒がりだったことなんて一度もない俺が、凍え死ぬとは。

脱水症状の成れの果てには、面白いことが起きる。さっきも言ったが、炎天下で持ち歩くのがかったるいから、レインコートもどっかに置いてきてしまった。風もますますエゲツない。

砂漠には避難所が全くないと思い知る……ここは大理石みたいにツルツルで昼は昼で影一つないし、夜は夜で風の吹き放題だ。身を隠すものなんて垣根はおろか、木一本、石コロ一つもない。風は無防備な陣地に攻め込んだ騎兵隊よろしく、ぶち当たって来る。身を隠すために右往左往し、立ったりしゃがんだりする俺。寝ようが立とうが、氷の鞭みたいな風に叩きのめされる。走るにもその体力すら残ってない。刺客からは逃げられない。俺は頭を抱えたまま、殺し屋の剣の下に膝から崩れ落ちる！

しばらくして、そんなザマで突っ伏してたのに気付くと、俺は立ち上がってまっすぐ前に歩き出す。まだ震えが止まらない！　ここはどこだ？　そうだ！　歩き出したのだ、プレヴォが呼んでいる！　野郎が呼んだので目が覚めたのだ……全身のしゃっくりみたいなこの震えが止まらない。奴に近づきつつ俺は独りゴチた。

「寒さのせいじゃないな。別もんだ。くたばり時か」

体には、ほとんど汁気が残ってない。一昨日も昨日も、自分一人で歩きすぎてしまったせいだ。寒さでくたばるなんてご免だ。自分の中の蜃気楼の方がまだいい。十字架だのアラブ人、あるいは、ランプの方がまだましだ。奴隷みたいに鞭打たれるなんて勘弁してもらいたい……また膝をついちまう。ちょっとは薬も持ってきていた。純粋なエーテル一〇〇グラム、九〇度のアルコールの一〇〇グラム、ヨードチンキ一瓶だ。エーテルを数口飲み下そうとしたが、ナイフを飲み込むみたいだ。
それから九〇度のアルコールもちょっと試したが、これに至っちゃ喉を通りもしない。俺は砂に穴を掘り、その中に横たわって砂に体を埋めた。顔だけ出ている感じだ。プレヴォーが見つけた小枝に火をつけるも、こちらはすぐに燃え尽きてしまった。プレヴォは砂に潜《もぐ》るのを嫌がって足踏みをして耐えていたが、そいつぁいただけねえ。悪いことに俺の喉は締め付けられたままでも、それでもまだ気分は良かった。なんか落ち着くぜ。希望なんてかけらもないのに心は静かだ。星空の下で〝奴隷船〟の甲板に縛りけられたまま、出たくもない旅に出る。なのにまんざらでもねぇ……。

筋肉を動かさなきゃ、そんなに寒くもない。だから砂の下で眠っている自分の体を忘れてしまった。俺は動くのをやめた。こうやって身動きしなきゃ苦しむこともない。マジな話くたばる時、人はほとんど苦しまないのだ……苦しみがあるとすれば、それはことごとく、疲労と狂気の二重奏がつきまとうせいだ。それから何から何まで絵本を、ちょっとした残酷なおとぎ話に変えていってしまう……今さっき、風に狩り立てられて、俺は獣のように逃げ回った。それから息が苦しくなったのは、誰かの膝が俺の胸を踏みつけたからだ。誰かの膝。俺は天使の重さに悶えていたのだ。砂漠では一度も一人じゃなかった。今や俺は、自分を取り巻くものなんか信じられないから、目を閉じて睫毛一本動かさず自分の殻に引きこもる。イメージの奔流が、俺を静かな夢の方に押し流す。川の激流が、海の底に流れ込んで落ち着くみたいに。

あばよ、俺が心をかけたお前ら。水を飲まなきゃ三日しかもたないのは、俺のせいじゃない。自分が水場の囚人だとも水がなきゃこんなに不自由な身だとも思っちゃいなかった。どいつもこいつも自分は自由で、まっすぐ前に進めるものだと思い込んでいる……しかし、ヒモで井戸に、地球の土手っぱらから伸びるへその緒に繋がれているのに気付かないのだ。へその緒なしに一歩でも踏み出しゃ、人間一巻の終わりなのにな。

お前らの苦しみ以外は、俺の人生に悔いなんてない。通しで見りゃ、ツイていたといっていい。生きて帰っても、また同じことをするだろう。俺には「生きる」ことが要《い》るのだ。街に人間臭い暮らしなんざぁもうないのだから。

だからって、飛ぶことにこだわるつもりもさらさらないが、言ってみりゃ飛行機は目的じゃなくて手段なのだ。俺たちが飛行機に命を懸けるわけじゃないのは、百姓が鋤のために耕すんじゃないのと同じだ。だが飛行機に乗りゃ、街とそこにいる計算高い連中におさらばして、〝百姓の真理〟を見いだすのだ。要は人並みに働きゃ、人間臭い悩みも持つということだ。

俺たち飛行機乗りは、風、星、夜、砂、そして海などと対峙し、自然の力の裏をかく。庭師が春を待つみたいに俺たちは夜明けを待つし、ユダヤ人が「約束の地」を待つみたいに、次の空港に着くのを待つ。本物の自分自身を、星々の中で探すのだ。
文句なんてない。三日間もほっつき歩いて、喉もカラカラになって、砂漠の道なき道を彷徨って、夜露に希望を託したが、自分の同類たちに会うために探し回った挙句、連中が何処にいるかも忘れてしまった。それこそが生きる悩みなのだ。しかし、夜、どのミュージック・ホールに行くか迷うのよりはマシだろうよ。俺は郊外電車の乗客たち、自分らが人間様だと思い込みながら、こき使われるためだけに存在してる、アリみたいに見えない圧力で押しつぶされて縮《ちぢ》こまった連中の気が知れない。連中はフリータイムだの、アホくさくてつまんない日曜日なんかを、どうやって時間潰しするのだろうか？

このことについてはもうどっかで書いたのだが、いつかロシアのある工場でモーツァルトの演奏を聴いてそのことを記事にしたら、二〇〇通も中傷の手紙を受け取ったことがあった。俺はモーツァルトより音楽喫茶の方がお気に入りな連中をこき下ろす気もしない。だって奴らは他の歌を知らないのだから。俺はむしろその音楽喫茶のパトロンの方がムカつく。奴らが人間をダメにしちまうのが気に入らないのだ。

俺は自分の仕事に満足している。なんだか〝空港の百姓〟になったみたいだ。通勤電車の中なんかにいたら、砂漠の中よりももっと早くくたばってしまうぜ！　おしなべて砂漠《ここ》は、なんて豪華な場所なんだろうな！

後悔なんてないよ。ギャンブルをして磨《す》ってしまっただけだ。自分の職業《しごと》の成り行きってやつだ。それでもなんとか、潮風は胸一杯吸い込んだ。潮風は一度味わったら忘れられない味だ。そうじゃないか仲間たち？　リスキーに生きろって言ってるわけじゃない。だいたいそんな言い方は、鼻持ちならないじゃないか。闘牛士なんて糞くらえさ。俺が好きなのはスリルなんかじゃない。本当に好きなのは、〝生きる〟ことなのだ。

空が白んできたみたいだ。砂から腕を取り出すと、手元に広げておいた布切れがあった。触ってみたが乾いたままだった。もうちょい待つか。夜露は夜明けに溜まるものだしな。いかんせん夜は明けても服は乾いたままだったので、俺はちょっとワケが分かんなくなった。

「俺には干からびた心しかない……カラカラに干からびて……涙の一滴すらでやしない」

と何気に独りゴチる。

「行くぞ、プレヴォ！　俺たちの喉首はまだ塞がっちゃいないんだから、歩かないと」

7

ここに吹きすさぶ西風は、一九時間で人間をミイラにしてしまう。俺の食道はまだ閉じちゃいないが、しこりがあって痛い。掻きむしられているみたいで、じきに咳《せ》き込み始める。噂通り、しかも思った通りだ。自分の舌が邪魔くせぇ。だが最悪なのは、キラキラした斑点が見え始めたことだ。斑点が炎に変わるときが、俺のぶっ倒れる時だ。

　俺たちは早足で歩く。涼しい早朝のうちにやっつけちまわないと。いわゆる「炎天下」になったら、もう一歩も歩けないのはわかりきってる。「炎天下」じゃあ……おちおち汗もかいていられない。モタモタしてんのも御法度だ。明け方の涼しさは湿度一八パーセントの涼しさに過ぎない。風は砂漠から吹いてるから、この白々しくて媚びた感じの愛撫に身を任せていりゃ、俺らの血はどんどん蒸発しちまうだろう。

　一日目はぶどうを喰った。それから三日間でオレンジ半分、マドレーヌ半分。唾液も出ないから、喰いもんは噛み砕けやしない。腹は減っていないが、喉はカラカラだった。喉の渇きよりもこたえるのは、むしろ喉の渇きの果てだ。ゴワゴワになった喉、石膏みたいな舌、口の中のガサガサした感じとエゲツない味。こんなことは初めてだ。水さえ飲みゃ何とかなるのだろうが、水治療なんて聞いたことがないぞ。渇きはもはや病気のレベルで、むしろ渇望が遠のいていく。

　今となっちゃ水場やらフルーツやら思い浮かべたって、そんなにキツくもない。優しさなんて忘れてしまったように、オレンジの輝きも忘れた。何もかも忘れてしまったみたいだ。しゃがんでも、また立ち上がらないと。

長いスパンはもう無理だ。五〇〇メートルも歩いた日には、ブッ倒れちまうから。ブッ倒れるのは気持ちがいいけれども、そうすりゃまた立ち上がらないといけない。

景色は変わる。石はまばらになって、俺たちが歩いてるのは今や砂の上だ。目の前二キロ先に砂丘が広がっていて、そこにはまばらに灌木《かんぼく》が生えてる。鋼《はがね》の鎧なんかより砂丘のほうがいい。ブロンドヘアーの砂漠なのだ。まるで俺に見覚えのある……こりゃサハラだ。二〇〇メートルも歩きゃ、もうヘトヘトだ。

「この調子でさ、とりあえずあの木のところまでは行こうぜ」

このノルマが限界だった。なんせ八日後に車で「シムーン」機を探しに自分らの行程を辿ることになるのだが、この最終日の移動距離は八〇キロに達していた。この時点でトータル二〇〇キロ。これ以上歩けというのかい？　昨日は希望もなく歩いたが、今日はもはやない希望すら忘れ去っている。ただ歩くから歩くのだ。畑を耕す牛は、きっとこんな感じだろう。昨日はオレンジの木でいっぱいの楽園を夢に見たが、今は楽園もありゃしない。もはやこの世にオレンジなんかがあることすらも信じられないのだ。

俺の中にはパリパリに乾いたハート以外は何もない。今にも倒れそうだが、絶望もなきゃ苦痛すらない。それが無念なのだ。心の痛みは、水みたいに甘いだろうからな。自分自身を哀れみ、まるで親友みたいに同情する。だがもはや、世界中どこにも俺の友だちなんていやしない。

第７章　砂漠のど真ん中で

昨日は希望もなく歩いたが、今日はもはやない希望すら忘れ去っている。ただ歩くから歩くのだ（208頁）

目の焼けただれた俺の屍を見たら、誰だって俺が腐るほど助けを求め、踏んだり蹴ったりになっていたのを想像するに違いない。

気持ちの昂《たかぶ》り、悔しさ、そして愛の苦しさなどのあるうちはまだ恵まれてる。もう俺にはそんな心の余裕すらない。

若い小娘は、初恋をした夜に愛する男への恋しさに涙する。恋しさは命の振動に繋がってる。自分の身を振り返りゃ、そんな恋しさすらもない……。砂漠は俺自身だ。もはや唾液は出てこないが、思い出したら咽《むせ》び泣くような甘美な思い出もやっぱり出てこない。太陽のせいで、俺の中の涙の湧き水は干からびてしまった。


しかし、どうしたことだ、俺が見たものは何だったと思う？ 波面の疾風みたいに希望の息吹が俺の上を吹き抜けた。意識する前に俺の本能に呼び掛けたこのサインは何なのだ？ 何一つ変わってないのに、何もかもが変わってしまった。この砂のシーツ、平たい砂丘、そして微かな緑色の染みは、もはや風景じゃなくてドラマだ。何もないのにスタンバイＯＫだぜ。プレヴォの方を伺うと、同じようにビックリしているが、奴も自分の感じてるものを理解できない。

絶対に何かがあるはずだ……。砂漠が生き返ったことは間違いない。人っ子一人いない、物音一つしない砂漠が、急に広場の喧噪よりも強く俺に迫ったのは確かだ……。

助かった。砂の上に誰かの足跡があった！

ああ！　俺たちはヒト族を見失い、部族から追い出され、二人で孤立し、世界の動きから忘れ去られていた。そんな俺たちの目の前に、砂に刻まれた人間の奇跡の足跡があった。

「プレヴォ、ここで野郎らが二人離れた……」

「ここじゃ、ラクダがひざまずいたな」

「ここか」

それでも、俺たちはまだ助かったわけじゃない。待つだけじゃダメだ。数時間たったら手遅れになる。いったん咳が始まったら、渇きのペースは早いものだ。俺たちの喉はもう……。

それでも俺は、その隊商を信じるぜ、砂漠のどっかで腰をフリフリ進む隊商を。

さらに歩き続けると、いきなりオンドリの鳴き声が聞こえた。ギヨメも俺にこう語ったことがある。

「終わり頃、アンデス山中で俺にはオンドリの鳴き声が聞こえたぜ。列車の音もな」

オンドリが鳴いた瞬間、俺は奴の口上を思い出して独りゴチた。

「最初に俺を騙したのは、俺の目ん玉だった。喉が渇いていたせいだろうな。耳の方はここまで粘ったんだが……」

だが、プレヴォが俺の腕を掴んだ。

「聞こえたかよ?」

「何が?」

「オンドリ!」

「じゃあ……すると……」

ってことは、当たり前だ、バカ野郎。そりゃ生き物のオンドリだよ。

最後に俺が見た幻は、追っ駆けあう三匹の犬だった。プレヴォもそっちを向いていたが、気付かなかった。だが、ベドウィン族を指さしたのは二人同時だった。二人で声の限りにそいつに向けて叫び、二人で喜びに笑い転げる。

だが俺たちの声は、三〇メートル先にも届かない。俺たちの声帯はすでにカラカラに乾いていた。互いにかすれた声で話していたので俺たちの声が届かないことに気づかなかったのだ!

だから、砂丘の後ろから現れたこのベドウィン族と彼のラクダは、ゆるーり、ゆるりと遠ざかっていくじゃないか。彼は一人みたいだ。残酷な悪魔がこいつを俺たちに見せてから、ひっこめようとしている……。

しかも俺たちにはもう、ダッシュすることもできない!

もう一人、別のアラブ人の横顔が、砂丘の上に現れた。俺たちは叫び続けるがほとんど声は出ていない。空をでかい信号でいっぱいにする気で腕をブンブン振り回す。なのにこのベドウィン族はまだ右を向いている……。

ここにきて彼がスローで振り返る。彼がこっちを向いた瞬間、全てが達成される。すぐにそいつが俺たちの渇き、死、そして蜃気楼を消し去ってくれるのだ。

彼はもう世界を変えている九〇度の回転を始めた。上体の、視線の回転だけで彼は生命を生み出して、神みたいに見えるぜ……。

奇跡だ……彼が砂の上を歩く。まるで水の上を歩くキリストみたいだ……。

アラブ人はただ俺たちを見つめ、俺たちの肩を手で押したから、俺たちは大人しく地面に伸びた。ここには人種も言語も、対立もない……居るのは俺たちの肩に大天使の手を置いたこの貧しい遊牧民だけだ。

額を砂に埋めて待った。そして今や俺たちは仔牛みたいに、腹ばいで盥《たらい》に頭を突っ込んでガブガブ水を飲んでいる。ベドウィン族は俺たちが窒息するのを恐れてか、何度も引き離すが、手を放すとすぐに顔ごと水に沈める俺たち。

おい、水、水！　お前には味も色も香りもない。お前を定義することもできない。俺たちはお前のことなんて何も知らずに、お前を味わってる。お前が生命に必要なんじゃなくて、お前自体が生命だ。

お前は感覚じゃ説明できない喜びで、俺たちを満たす。お前と一緒に、俺たちが手放したあらゆる力が戻ってくるぜ。お前の恵みのおかげで、俺たちの心の中で干上がった全ての泉が噴き出すのだ。地球の土手っ腹の中で混じりっけのない水、お前は世界一でかい富で、また最もデリケートな富でもある。

マグネシウムを含んだ水を飲んで死ぬことがありゃ、塩湖のほとりで死ぬことだってある。塩の分離した二リットルの夜露で死ぬこともある。お前は混じりっ気を全く受け入れないし、変化にも耐えられない。お前は気の短かい神だ……。

だがお前は俺たちの中に、これ以上ない程シンプルな幸せをぶちまける。

ときに俺らを救ってくれたあんた、リビアのベドウィン人、いずれお前は俺の記憶から永遠に消えさってしまうだろう。顔すら全く思い出せなくなるはずだ。お前は「ヒト」であって、あらゆる「ヒト」の顔をして、俺の前に同時に現れるからだ。

お前は俺たちの顔をまじまじと見たこともなかったのに、すでに俺たちのことを見知っていた。

お前は最愛の仲間なのだ。今度は俺が総てのヒトの中に、お前を見てとるだろう。

俺に水を与える力を持った偉大な王であるお前は、高貴さと善意に満ちて見える。俺のあらゆる仲間や仇《かたき》などが、お前を通して、俺に向かって歩み寄ってくる。すると世界に俺の敵は一

第７章　砂漠のど真ん中で

おい､水､水！　お前には味も色も香りもない。お前を定義することもできない。俺たちはお前のことなんて何も知らずに、お前を味わってる。お前が生命に必要なんじゃなくて、お前自体が生命だ。(213頁)

人もいないということになるだろう。

第８章　人間たち

1

俺はまたぞろ、正体の分かりもしない真実のすぐ近くにいた。もうダメだと思ったし、絶望の底まで叩き落されたと思ったが、いったん諦めちまうと楽になった。そんな時こそ俺たちは自分自身を発見し、自分と友人になってしまうものらしい。俺たちの中には、そこにあることに気付きもしない本質的な欲求がある。そんな欲求が満たされる充実感に勝るものはない。ボロボロになるまで風を追い続けたボナフースなら、こんな安らぎを知ってるはずだ。ギヨメだって雪の中で知ったはずだ。俺だって首まで砂に埋もれたまま渇きのせいで、だんだん弱りながら自分が星空のケープの下で感じた胸の温もりをどうして忘れることができるだろうか？

俺たちの中に、そういう解放感を呼び起こすのはなんなのだろう？　言わずもがな、人間というのはあまねく天邪鬼だ。創作のために食い扶持を賄ってやりゃ怠けちまう。勝ち馬の征服者はやがて落ち目になるし、小金ができるとしみったれる。人類の繁栄を請け合う政治信条なんぞ、まずどんなタイプの人間を豊かにするかが分からねぇと何にもならねぇし、それなしにどんなやつが輩出できる？　俺たちは餌《え》付けされた家畜じゃない。貧しいパスカルが生まれた方が、有象無象の小金持ちどもが生まれるより大事なのだ。

本質は先読みできない。あんたらも経験したことがあるだろう。思いがけずやってきた喜びが、あんたらの心を最高に熱くするのを。キツい時期にその喜びを知ったら、そのキツさすら懐かしくなる。俺たちには誰だって、仲間と再会したときの苦労話がやけにカッコよく思えた経験がある。俺たちは何も知らない。自分らを豊かにする謎の条件があるということ以外に、ニンゲンの本質はどこにあるのだろう？

本質というものは、はっきりと説明ができない。他のどこでもないある土地で、オレンジの木がしっかり根を張ってどっさりと実をつけりゃ、その土地がいわばオレンジの木にとっちゃ本質なわけだ。他の何物でもない、その宗教、その文化、その価値感、その行動パターンやらが、人の中にこの充実感を与え、自分の内で忘れられていた大王様を思い出させるとしたら、その価値感、文化、そして行動パターンなどが連中にとっての本質ということになるのだろう。もっと論理的に話せって？　だったら、論理には論理で俺たちの人生がわかるかのように、一人勝手にでやらせておくしか手がないはずだ。

この本の中じゃずっと、俺は天からの使命に従ったみたいな連中を何人も挙げてきた。僧院を選ぶ奴らがいるように、砂漠や空路を選んだ仲間たちのことを。ひと言目には「人間賛歌をご一緒に」なんて押しつけがましく言うように思われたのなら、そりゃ不本意だ。何はさておき、賞賛すべきは連中を生み出したバックボーンなのだから。

使命抜きに語れないのは当たり前だ。自分の店に引きこもる商人がいりゃ、迫《せま》られて行くべき行商の道に立たされる商人だっている。俺たちは後者の連中の顛末を読み解くのに、小っちゃいガキの頃のエピソードの中から、その道に立たされたきっかけを見出そうとしがちだ。しかし、そんな伝記への後付けのご託は見当違いなものだ。ほとんど誰にだって、きっかけってものがあるのだから。

火事やら海難事故やらの一晩の最中に、引きこもりの商人たちでも自分らの実力以上のキャパを発揮することはよく知られてる。彼らは自分の満足の質を充分自覚しているだろう。しかし、火事の晩は、結局一生ものの一晩になる。二度目のアクシデントもないし、その能力を発揮する土俵もない、宗教から求められることもないとなりゃ、自分自身のデカさを眠らせたまま、多くは箪笥の肥やしにしてしまうのだ。

使命が俺たちを解き放つというのは疑いないが、俺たちの方も使命を解き放たないとな。空で過ごす夜、砂漠の夜……こんなのは誰にでも経験できるわけじゃないレアな機会だ。だが状況に迫られりゃ、誰だって似たような「本質的な欲求」を垣間見せるものだ。そのことについて、俺が思い知らされたスペインでの一晩について語っても寄り道にはならないだろう。特定の個人の話はさんざんしたから、今度は全ての人間について語りたい。

あれは俺が特派員として赴いた、マドリッドの前線[※46]でのことだった。俺は塹壕の奥で、若い大尉と夕飯のテーブルを囲んでいた。

2

俺たちが雑談に花を咲かせている最中に電話が鳴って、それから長電話が始まった。司令部から局地戦の命令があったみたいだ。俺たちがいたこの町はずれの労働者居住区には、コンクリの城塞と化したいくつかの家屋があった。そこを乗っ取るという、無謀としか思えない攻撃命令だった。肩をすくめた大尉は、俺たちの方に向いてのたまった。

「まず俺たちの中で先鋒は……」

それからコニャックを二杯、その場にいた軍曹と俺によこすと、

「俺とお前だ」

と軍曹に告げる。

「呑んでひと眠りしろ」

※46　著者は1937年「パリ・ソワール」誌の特派員としてマドリッドに赴任している。

軍曹は寝に行った。卓を囲んだ俺たちは、一〇数人が寝ずの番だ。光がわずかでも漏れないように、ピッチリ目張りされた部屋の中は明るすぎて、俺は目をパチパチした。五分前に銃眼から目隠しの布切れを剥がして外を覗き見したのだが、深海からの光みたいな月明かりに照らされて、お化け屋敷のような廃墟の家が見えた。布切れを戻すのは、こぼれた油を拭き取るみたいだった。今でも不気味な城壁の光景が、目に焼き付いてる。

この軍人たちがもう戻ってこれないのは確かなのだが、それでも自分を押し殺して何も言わなかった。攻撃は誰にも巡ってくる。順番通りに種《たね》をサイロから取ってくるみたいに、人間のストックから引っ張り出すというわけだ。種まきの時は、ひと掴みの種を投げ落とすものな。

俺たちはコニヤックを飲み干した。右手にはチェスをやってる連中がいる。左手にはふざけあう連中がいる。どこだ、ここは？　ほろ酔い加減の野郎がモジャモジャのひげを撫でながら入ってきて、俺たちの方をニヤけた目で見やった。コニヤックが目に入ったらしく、いったん目を逸《そ》らしたがまた見る。それからねだるような目で大尉を見やると、大尉が忍び笑いを漏らす。手ごたえを感じたこの野郎がニマッとしたので、周りで見ていた連中もクスクス笑い出す始末だ。

大尉がコニヤックのボトルをノロノロと仕舞うのをみて、野郎はガッカリした目つきをする。無言のダンスよろしく、ガキっぽいお遊びはこうして始まる。モクモクと充満するタバコの煙や徹夜疲れから、間近に迫った突撃のイメージなんかを通して。なにやら夢の中みたいだった。

乗り合わせた生温かいタンカーの貨物室みたいな塹壕に閉じこもって、お遊びは続くが、外じゃ時化《しけ》の海みたいに爆発音がいよいよ激しい。兵士どもはじきに、汗やらアルコールなど待ち時間に溜まった退屈の澱みなんかを、夜襲の強酸で洗い落とすだろう。浄化の時は近いが、連中は踊れる限り踊り狂う。飲んだくれと酒瓶の踊りを。

できる限りチェスを続け、できる限り生き永らえようとする。だが、棚に鎮座する目覚まし時計はセットしてあって、いずれアラームが鳴り響く。そうすると彼らは立ち上がって背伸びをしてからベルトを締め、大尉は壁に掛かった銃を取る。全員がスロープになった廊下を、月明かりに蒼く照らされた出口まで慌てずに上っていくはずだ。短く、

「いよいよ突撃だ」

とか
「寒いな！」

とかゴチってな。それから暗闇に飛び込んでいくのだ。

時間になり、軍曹の目覚めに立ち会うことになった。野郎はむさ苦しい地下室で、鉄のベッドに横になって眠り込んでいた。俺は彼の寝顔をまじまじと見た。俺もこんな風に寝苦しくない、むしろ楽しい眠りを味わったことがある気がした。そう、リビア砂漠での初日の夜だ。プ

レヴォと俺は水もないからくたばるのも時間の問題だったが、まだ喉も乾いてなかったので、一度だけ二時間ノンストップで眠れた。たった一回きり。その時、眠りに落ちながら、俺は自分の置かれた現実の世界をあえて拒絶するかのような力のみなぎりを感じていた。そして、この期に及んで、まだそんな意図的操作に応えてくれる強靭な肉体の存在に感謝し、顔を腕に埋め、いつもの夜と変わらぬハッピーな眠りを満喫できたのだった。

軍曹は丸まって眠りこけていて、人間の形に見えない寝相だ。彼を起こしに来た連中が、ボトルに火をつけたロウソクをブッ挿して照らしても、最初は不格好な堆積の中で辛うじてブーツだけ見えた。鋲の付いた日雇い人足とか沖仲仕の履くみたいなバカでかいブーツだ。

彼が履いていたのは商売道具だ。身に着けている何もかもがそうだ。弾帯も、銃も、革のサスペンダーも、ベルトも。彼は荷鞍や枷《かせ》など馬車馬の装備一式を身につけていた。モロッコじゃ穴倉の底で盲馬に石臼を挽かせるのを見かけるが、ここでも赤く揺らめくろうそくの明かりの中で、石臼を挽かせるために〝盲目の馬〟をゆっくりと起こす。

「起きろ！　軍曹！」

奴はモゾモゾしながら、気だるそうに寝ぼけ眼で顔をあげ、何やらブツブツ呟いた。起きたくないのか壁の方に寝返ると、いよいよ母親の腹の中の安らぎに、水の底みたいな眠りの深みに落ちていった。

奴は開いてた拳を固めて、黒い海藻にしがみついているみたいだが、その指を解かないと。枕元に座った俺らの一人が、腕を彼の首の後ろにそっと置いて、ニヤニヤしながら重そうなそいつのおつむを持ち上げた。ホカホカした廐《うまや》の中で、馬どもが首を擦り合うみたいだった。

「おい、兄弟！」

俺は人生でこれほどの優しい光景を見たことがない。軍曹はダイナマイトやら疲労困憊だの、凍える夜などにあふれたこっちの世界を振り払って、お気楽な夢に戻るために最後の悪あがきをするが、もう遅い。夢の外から来た何かが幅を利かせる。

ヤキを入れられるガキが、日曜日の学校のチャイムでノロノロと目覚めるのもこんな感じだ。せっかく机も黒板も仕置きの授業も忘れて、田舎で遊ぶ夢を見ていたのにな。チャイムはいつまでも鳴り続けて、容赦なくガキをアンフェアな大人の世界に引きずり戻す。このガキの例にもれず、軍曹は徐々にクタクタに疲れ切った体、思い出したくもない自分のガタイを思い出す。

さっそく目覚めの寒さの中で、節々に惨めな痛みを覚え、次に馬具の重さを思い出す。それから足を引きずりながら駆けだし、最後に冥途を知る。いや、知るのは冥途というよりは、むしろ死ぬまでの心地悪さだ。身を起こしたはずみに、ベッタリ手につく血糊や荒い呼吸、自分を覆う氷みたいな外気などを知るはずなのだ。

相変わらずその寝顔を見ながら、俺は自分自身の目覚めのやる瀬なさを思い出していた。再び襲いかかる喉の渇き、日光、砂など、望んでもいない人生とかいう悪夢やらに。

だが今や、彼は立ち上がって俺たちをまともに見る。

「時間かい？」

ここで「人間」のお出ましなのだ。もはや論理じゃ予測できないことだが、軍曹は笑っていた！　何がそうさせたのだ？

パリで何のイベントでだったか、メルモーズ以下何人かの仲間と羽目を外した晩を思い出す。夜明けまで酒場の軒下でダべっていた。さんざんくっちゃべって、うだる程呑んだ挙げ句、意味もなくくたびれてウンザリした。空はもう白んでいた。

いきなりメルモーズが、俺の腕を爪が食い込むくらい強く掴んだ。

「そういやぁ、ダカールじゃ、今よぉ……」

今頃ちょうど、整備士が眠い目をこすりこすりプロペラのカバーを外し、パイロットは天気予報を見に行こうとして、大地に俺たち仕事仲間だけが群為す頃だ。

すでに空は色づいていて、他の連中のための〝宴会《フライト》〟の準備をし、呼ばれてもいない〝宴会〟のためにテーブルクロスを広げていた。更に、〝宴会〟のためにあえて危険を引き受けようとしている連中もいる。

「それにしてもここは汚ぇなあ」

とメルモーズはこぼしたものだ。

ときに軍曹よ、あんたはどんな〝宴会〟に招待された？　そのためにくたばる価値のある〝宴会〟に？

あんたは俺に自分の身の上を話したな。以前バルセロナのどこやらのしがない会計士だったお前は、二手に分かれて敵味方で争っている自分の母国のことなんかお構いなしに、数字を並べるのに大わらわだったとか。だが同僚が一人、また一人、さらに一人と兵士に志願してゆくと、自分の心境が変わってしまったのに我ながら驚いたくらいだった。だんだん稼業がつまらないものに思えてきた。楽しみや心配ごと、ちょっとした自分へのご褒美などがみんなつまらないものに思えてきたらしい。そんなものにはなんの価値はないのだと。

ついにお前の知り合いの一人が、マラガ付近でブッ殺されたというニュースが届いた。お前には仇を取ってやりたいと思えるほどの関りもそいつとはないし、国内政治にも無縁だったにもかかわらず。それでも、海を渡る一筋の風みたいに、このニュースはお前のつつましい人生を吹き過ぎた。

その日の朝、仲間の一人がお前を見て言った。

「行かねぇか？」

「ああ、行こうぜ」

ときに軍曹よ、あんたはどんな〝宴会〞に招待された？　そのためにくたばる価値のある〝宴会〞？に（226頁）

こうしてお前らは「逝く」ことになった。

お前自身はこの時の「真実」を、俺にうまく説明できなかった。もっともお前にとっちゃ、それに突き動かされたのは確かなんだろう。お前のこの時の真実ってもんを、分かりやすくするたとえ話がいくつかある。

渡りの時期に野生のカモが空を飛ぶと、そのせいで地上じゃ一風変わったことが起こる。アヒルたちが空飛ぶでかい三角の隊列に魅せつけられたみたいに、無様に羽ばたこうとするのだ。野生の呼び声が、失われたワイルドさみたいなものを呼び起こすのだろうか。農家のアヒルが一瞬、渡り鳥に変わる。水たまりだのミミズだの鳥小屋だの、どうでもいい記憶が渦巻く頑固でちっぽけなおつむの中で、大陸のパノラマとか沖からの潮風の風味とか、それに海上の地形学なんかが繰り広げられるのだ。

こんなワンダーランドを詰め込めるほど自分の脳みそがデカかったなんて、アヒルの大将も思いもよらなかっただろうが、とにかく、こうやって翼を羽ばたかせ、穀物にもミミズにも目もくれず、野生のカモになろうとしているのだ。

この好例は、何といってもガゼルだろう。キャップ・ジュビーでガゼルを飼っていたのを思い出す。あっちじゃ誰だって飼っていたが、柵の中であっても、屋外で飼わないといけないのは、風通しがよくないとダメだからだ。何かと面倒臭い畜生だが、まだ小さい時にとっ捕まえれば囲いの中でも育つし、手ずから餌付けもできるし、撫でられたりもするようになる。掌の中に濡れた鼻面を突っ込んできたりもするのだ。

俺たちは、連中を飼いならせたと思い込む。奴らを音もなく襲い、ポックリくたばらせちまう、よく分からない悲しみから守ってやったと思い込む……。ところがある日、連中が囲いに小っちぇえ角《つの》を突き立てて、砂漠に向けて押しまくっていやがるのに気づく。磁石に引っ張られるみたいに。自分が逃げようとしてるなんて知りもしないで。

乳をやれば飲みに来るし、撫でられもする、鼻面はますます強く手に押し付けてくる……なのに一度離れりゃ、嬉しそうにピョンピョン跳ね回って、そのうちまた柵の方に固まってしまう。柵を仇だと思ってるわけでもないだろうが、放っといたらずっとそこに引っ付いてるのだ。ただ頭を落として、小っちぇえ角でくたばるまでタックルし続けるだろうな。

発情期なのか？　息が切れるほどデッカイ一っ飛びをしたいのか？　それすら分かってないだろう。捕まえられた時にはまだ、目ん玉だって開いてなかっのだから、砂漠での自由もオスの臭いも知りようがないのだ。あんたらは、こいつらよりもおつむが良いから分かるだろう。

ガゼルが求めてるのは、ガゼルをガゼルたらしめる大舞台なのだ。奴らはガゼルになって、ガゼルのダンスを踊りたい。時速一三〇キロの猛スピードで一直線に逃げたり、砂漠のあっちこっちから吐き出される火炎のジェットを避けるみてぇに、跳ね上がったりしてみたいのだ。ガゼルの「真実」がビビりまくることで、唯一そのおかげで自分のキャパを越えてアクロバットもどきの能力を発揮できるのだったら、ジャッカルなんざなんだろう！

ガゼルの「真実」が照りつける日の下で土手っぱらを引き裂かれることだったら、ライオンなんぞなんぼのものだ！　柵にかたまるあの連中を見れば、あんたらも思うだろう、やつらをとらえたのが「懐かしさ」だと。

「懐かしさ」というのは、何か自分でも分からないものを求めることだ……対象があることはあるのだが、言い表せるものじゃない。

俺たちは何を求めている？　軍曹さんよ、お前はここで何を見つけた？　なんで運命に逆らってないと思った？　眠るお前の頭を持ち上げた、友愛のこもった腕のせいか、仲間がお前に「おい！　兄弟」って声をかけた時の、同情なんかじゃない共感からのスマイルのせいか？

同情するということは、二人がまだ別々だってことだ。だが、二人の関係があるレベルまで行きゃ、同情なんてものはどうでもよくなる。この高みに至ってやっとムショ出の罪人のように自由に、息がつけるのだ。

そんな絆を知ったのは、俺が当時まだ不帰順地帯だったリオ・デ・オロを二機のチームで渡った時だ。

　あの時は、事故った方が助けた方に「ありがとう」なんて言うことはなかった。それどころか、大抵は片方からもう片方へ、郵便袋を積みなおすのに骨を折りながら罵り合うのがオチだ。

「クソ野郎が！　ぶっ壊れたんならテメェのせいだ！　逆風が吹いてんのに高度を二〇〇〇メートルに上げやがって！　もっと低く飛んでりゃ、今頃ポート・エティエンヌだというのによ！」

　すると助けられたもう片方は「クソ野郎」であることに居たたまれない。それに何を命懸けで助けてくれた奴に恩義を感じることがある？　俺たちは一本の同じ木の枝葉なのだから「助ける義務」があるのじゃない、「助ける権利」があるのだ。だからこそ、俺を助けたお前には俺も鼻が高いよ！　軍曹よ、お前の死の支度をした仲間が、お前を憐れむことなんてあるかい？　お前らは互いの死を分け合ったのだ。この瞬間にこそ、もはや言葉の要らない絆があるのだ。戦死を選んだお前の気持ちがわかった。お前がバルセロナでしがない会計士を続けていたら、多分仕事の後に休める隠れ家もなく、ボッチだったに違いない。ここじゃあ普遍的なものに加わって、自分が出来上がっていく感じがするだろう。ボッチだったお前が、愛をもって迎えられたのだから。

　お前をそそのかした政治屋どものご託に、心がこもっていたかとか、理にかなっていたかどうかなんか、知りたくもない。もしも芽が吹くみたいに、お前がその言葉を受け取ったのなら、お前がそれを求めていたのだろう。選ぶのはお前だけだ。麦を選べるのは土なんだから。

3

俺たちの先にある共通の目標のために、仲間と団結する。そうすることでやっと呼吸することができる。俺の経験から言わせりゃ、愛するというのは互いに見つめ合うことじゃなくて、一緒に同じ方向を見定めることだ。一本のザイルに繋がれて同じ山頂に立ち向かい、山頂でやっとサシで向き合う。でなきゃ仲間とは呼べない。そうでなきゃどうして快適なこのご時世に、わざわざ砂漠で最後の喰いものを分け合って、あんな至福を味わったりすることができるものか？　このことについての社会学者のあれこれの御託なんて、糞くらえだ。

俺たちの中でサハラ砂漠での救出劇を経験した連中は皆、そのとき味わった尋常ならざる楽しさに比べると、他の喜びがショボく思えちまう。今の世の中で周りがギシギシ軋み始めたのは、多分そのせいなのだ。猫も杓子も、充実感を満たしてくれる宗教に熱を上げるからだ。誰も彼もが互いにチグハグな言葉で、同じ熱意を語るのだ。どいつもこいつも、頭を捻った挙句てんでバラバラなやり方をするが、向かうところは違わない。同じ目標だ。

愛するというのは互いに見つめ合うことじゃなくて、一緒に同じ方向を見定めることだ。（232頁）

だから驚くほどのことでもない。自分の中に訳の分からないものが眠ってるなんて、夢にも思わなかった野郎が、バルセロナの無政府主義者の穴倉で、犠牲的行為やら助け合いの精神だの、ガッチガチの正義のイメージに一回でも目覚めを感じてみろ、そうすりゃ、野郎の真実はアナーキストのそれ以外にはあり得ないだろう

スペインの修道院で、一度だって跪《ひざまず》いて震えるちっちゃな尼さんの一群を警護することがあれば、そいつは教会のためにくたばることを選ぶだろうな。あんたらは勝利感に酔いつつ、アンデス山脈のチリ側の斜面に向けて下降するメルモーズに、こう言って物申すかもしれない。たかが商人どもの手紙なんざぁ命を懸けるほどのもんでもないだろう、と。メルモーズがそれを聞いたら、あんたらを嘲笑うだろう。だって奴の真実はアンデスを横切ったときに、奴の中から生まれでてくる人間なのだから。

戦争にNOと言わない連中に戦争の怖さを分からせたいなら、奴らを野蛮人呼ばわりしないことだ。決め込む前に連中のことを分かろうとしないといけない。リーフ戦争[※47]で指揮をとった、南モロッコ出身の将校に思いを馳せろ。奴は不帰順民どもに支配された、東西二つの山に挟まれた前線に堂々と陣を敷いていた。

ある晩、彼は西の山からの使者団を迎えて、例のごとく茶を飲んでると銃声が上がった。東

※47　モロッコ北部の山岳地帯リーフを拠点にした、反フランス・反スペイン独立運動。

の山の部族が襲撃してきたのだ。将校は迎え撃つために使者団連中を外に押し出したらしいのだが、仇のはずの西の山の使者たちはこう言った。

「俺たちは、今はお前の客だ。神の御名において引き下がれん」

連中は将校側に助太刀して陣の一大事を救うと、ワシみたいに巣に戻った。

だが今度は、その西の山の連中が将校の基地を襲う番だったが、その前日に連中は将校に使節団を送った。

「あの夜、俺たちがお前に助太刀した」

「ああ、そうだが……」

「敵に三〇〇発も打ち込んだのだ」

「そうだったな……」

「だったら、それを返すのが筋だろう」

将校は君主然として、敵方が自分に加勢した時の礼節に甘んじていることを潔《いさぎよ》しとせず、自分にブチ込まれるだろう弾丸を返した。人間にとっての真実とは、人間を人間たらしめる事象に対する姿勢によって示される。

互いのメンツとかゲームのフェアさとか、命を懸けたリスペクトのトレードとかを知った将校が己《おのれ》で至った高みは、ポピュリストどものつまらん愛想笑いと比べるべくもない。ポピュリスト連中は肩を叩きながら博愛を語って、同じアラブ人どもに媚びると同時に連中をコケにする。もしあんたらがこんな煽動政治家どもに与するなら、この将校はちょっと軽蔑混じりの同情をあんたらに見せるだけだろう。正しいのは将校の方だ。

だが、あんたらが戦争を憎むのも道理だ。

人間ってものとそいつの欲求を知りたいなら、また本質からそいつを分りたいなら、あんたら一人一人の真実の正しい、正しくないといった議論をしないことだ。

ああ、あんたらは間違っちゃいないし、あんたらはみんな正しい。理屈があればなんだって白黒つくだろう。だったらこの世の不幸を、みんな背むしのせいにすることだって正しい。背むしに喧嘩を売る段になりゃ、すぐに背むしの悪いところをあげつらう。俺たちは奴らの悪行に仕返しするのだから。蓋を開けりゃあ、背むしだってなにか後ろ暗いことがあるだろうから。

本質を引き出すには、とりあえずいったん対立を忘れることだ。対立を認めちまうと、ガチガチの「真実」を集めた経典を錦の御旗にして狂信主義が生まれちまう。

たしかに人間を右翼と左翼、背むしと非背むし、独裁主義と民主主義みたいに区別できるし、そういう区別自体は悪いことじゃない。

言うまでもないが、真実というのは世界をスッキリさせるものであって、ごちゃごちゃさせるもんじゃない。真実ってのは、誰でも持ってるものを引き出すキーワードなのだ。

ニュートンはずっと見つからなかった、なぞなぞの答えみたいな法則を「見つけた」わけじゃない。奴がやったのは、もっとクリエイティブな仕事だ。奴は牧場にリンゴが落ちることと、日が昇ることの両方を言い表せる「人の言葉」を作ったのだ。

真実は理屈で語れるものじゃない、物事をシンプルにする道筋だ。イデオロギーを議論して何になる？　どのイデオロギーもそれぞれ筋が通っているのに、互いにいがみ合うじゃないか。こんな議論を続けても、人間救済への望みは遠のくだけだ。人間は周りのいたるところで、同じものを求めているというのに。

俺たちは解放されたいのだ。つるはしを振るう野郎なら、誰だってそれをする意義を知りたいだろう。囚人のつるはしのひと打ちは、囚人を貶《おとし》める。鉱夫のつるはしのひと打ちが、鉱夫を高めるのとは大違いだ。つるはしを振るうから苦役なのじゃない、そういう目に見えるエグさじゃない。無意味につるはしを振らされるから苦役なのだ。人のコミュニティになんの関りも期待できないから苦役なのだ。こんな苦役なんか、誰だってお断りだろう。

ヨーロッパには生きる意義も見いだせず、生まれ変わりたい人たちが二億人もいる。産業化が百姓に代々使われてきた言葉から彼らを引っぺがして、まるで黒い列車でぎっしりの貨物駅みたいな、ばかでかい隔離居住区《ゲットー》に閉じ込めてしまった。しかし、彼らは労働者街の奥で、眠らされたままでいたくはないだろう。

他にもあらゆる職業《しごと》の歯車のシステムに巻き込まれてしまった連中がいる。奴らは何かの草分けになる楽しさも、信仰の喜びも、知る楽しさも奪われてしまった。服を着せ、飯を喰わせ、必要なアイテムを欲しがるまま与えておけばいいと思い込んでいる連中のいるせいだ。連中はクルトリーヌ[※48]劇の役者ばりの彼らをちょっとずつ、ブルジョワやら、村の役員だのの精神生活とは縁もゆかりもない技術屋に作り変えたのだ。教育はそこそこ付けた彼らだが、素養なんかかけらも持っちゃいない。棒暗記すりゃ教養もつくんだとお粗末な自論を抱えているせいだ。応用数学科ができない中学生だって、デカルトやパスカルより自然とその法則についてはよく知ってるご時世だが、この両雄ばりのアプローチが彼らに果たしてできるのか？

多かれ少なかれ、誰だってなんとなく真の人間になりたいとは思うだろう。だがそのための方法には、人を誤らせるものもある。そりゃ軍服を着せりゃ、彼を奮い立たせることはできる。そうすりゃ彼は戦争賛歌を歌って、戦友と同じ釜の飯を喰うはずだ。彼は自分らが求めていた連帯感を味わう。だが最後は仲間からもらったその飯のせいでくたばることになるだろう。

木偶《でく》を掘り起こして如何にも辻褄を合わせりゃ時代遅れの神話だって復活させられるし、ゲルマン至上主義とかローマ帝国への熱狂だって蘇らせられる。ドイツ人であることやベートー

※48　クルトリーヌ（1858-1929）、フランスの劇作家、小説家。ブルジョワ生活をユーモラスに書いた短編小説、風刺的一幕劇に人気があった。

ベンの同胞であるってだけで、ドイツ人を酔わせることもできる。水兵に至るまでベロンベロンにできる。そりゃ、水兵の中からポテンシャルを引き出して、ベートーベン並みの人間に育て上げるのよりは楽に違いない。

とはいえ、それらの偶像は肉食系だ。学問の発展や病気の治療などのために命を燃やす連中は、献身することで生命に尽くす。一方、領土拡大のために尽くすなんて聞こえはいいが、近代戦争は戦争で救うべきはずの人たちをもぶっ潰しちまうじゃないか。

今日じゃ民族全体に喝を入れるために、ちょっと血を流すなんてレベルじゃない。戦争は戦闘機と毒ガスの登場で、血みどろの手術以外の何ものでもない。それぞれがコンクリート壁の防空壕に閉じこもって、毎晩飛行小隊が敵方のはらわたを爆撃し、中枢を破壊して流通システムを完全にマヒさせる。それ以外にできることなんかないのだ。結局、最後にくたばった方の勝ちとなるハズなのだが、それでも表れるところは、双方相打ち以外はあり得ない。

砂漠に様がわりした世界じゃ、俺たちは喉から手が出るほど仲間に会いたかった。戦友と喰った同じ釜の飯を味わって、戦争に大義があるように思い込んだ。しかし同じゴールを目指して突っ走ったり、組み合った肩の暖かみを感じたりするのに戦争は要らない。

戦争が俺たちをそそのかす。しかし憎しみがあるからって、俺たちのレースが余計に盛り上がる訳じゃない。なんで憎み合うことがある？　俺たちは一蓮托生の、同じ惑星に運ばれる、いってみりゃ同じ船の乗組員じゃないのか。

　そりゃ、文明がぶつかりあって新しくハイブリッドができたりするなら大歓迎だが、互いに貪りあうだけならごめんこうむりたい。俺たちが解放されるには、みんなで助け合って目標を自覚すりゃいい。俺たちを互いに結びつけるような目標で、みんなが一緒に目指せることがみつけられればなおいい。患者を診る外科医は、苦情を聞くために聴診する訳じゃないだろう、治すのが仕事なのだ。だから外科医が話すのは世界の言葉だ。物理学者だってそうだ。原子も星雲も同時に理解できちまう神憑かった方程式を思いついたりするものな。

　ただの羊飼いでも、そんな言葉を知ってる。星空の下で羊を控えめに見守る奴らだが、自分は使われてるだけじゃない。別の務めがあると気づいたら、それはもう羊飼いじゃない。それ以上の番兵と言っていい。帝国全体の存亡を背負う番兵だと。

　羊飼いはそんなことに気づきたくもないだと？　まあ聞け、マドリッドの前線でのことだ。塹壕から五〇〇メートル離れた、丘の上の学校を訪ねたことがある。低い石垣に囲まれたその学校で、伍長が植物学を教えていた。奴は髭もじゃの〝巡礼の兵士たち〟に囲まれて、ヒナゲシの脆い器官を手の上で見せていた。泥水にまみれ砲弾の雨を避けつつ伍長のところに〝巡礼〟に来た連中だが、伍長の周りで車座に並んで胡坐をかき、顎《あご》にこぶしを当てて彼らは聞き入っていた。

眉間《みけん》を強ばらせ歯を食いしばって聞いていながら、ほとんど何も理解できてなかった。伍長が、

「お前等は巣穴にこもって顔も出さない畜生だ。もっと勉強をしろ、文明を学ぶんだ！」

とドヤすもんだから、連中はヨタヨタと歩いて追い付こうとしていた。

俺たちは、どんなつまんないものでもいいから、自分の務めに気付いた時ハッピーになれる。そうすりゃ穏やかに生きて穏やかに死ねる。生きることに意義を与えるものが、死ぬことにも意義を与えるのだから。

誰にでも巡ってくるものだと思っちまえば、死だって気楽なじゃないか。プロヴァンスの百姓のジジイは引き際に、倅《せがれ》たちのそれぞれに山羊とオリーブの木を託す。倅が自分等の番になりゃ、それを孫が引き継ぐだろう。農民の家系じゃ、死ぬ時も半分ですむ。それぞれの代で豆のさやみたいに弾けて、種を受け渡すからだ。

以前、お袋の臨終を看取る、百姓の三人兄弟に立ち会ったことがある。まずもって目も当てられたもんじゃない。そりゃあそうだ。へその緒が切られるのが二度目なのだから。世代と世代との結び目が解けるのも二度目なのだから。三人の倅は取り残されてしまったのだ、学ばないといけないことは山積みなのに、祝日ごとに家族で集まる卓、拠りどころはもうないのだと

分る。だが二度目の別れの中で、二度目の命が与えられることも知った。今度は倅が先頭になって、目下庭で遊んでいる子供が引導を渡すその時まで、家長として家族を仕切るだろう。

俺はお袋の方を見やった。穏やかだが、堅い表情をした年寄りの百姓女を。口は一文字に閉じていて、石の仮面みたいになったその面には、倅たちの面影があった。この仮面が倅たちの面の鋳型《プロトタイプ》として役に立って、そのガタイがあのイケメンの見本みたいな倅たちの体の原型になったのだ。今は貴金属を取り除いた後のクズ岩みたいに、クタクタになって眠っている。息子やら娘たちの番になれば、自分の体を型取って、また小さなコピーをつくるのだろうな。やっぱり農家じゃ誰も亡くなりやしない。お袋は死んでもコピーが生き続ける。万歳、お袋だ！

こういうバトンタッチのシーンは、たしかに辛いものではあるが、超シンプルなものでもある。家系というのは、次から次へと道端に粋な白髪の屍を放り捨てながら、何かの真実に向けて、姿を変えながら進んでいく。だからこそ、その晩、ちっぽけな村の弔鐘《ちょうしょう》を聞いた俺が抱いたのは絶望じゃない、ヤンワリした歓喜だ。埋葬も洗礼も同じ音色で祝う教会の鐘が、今晩もまた世代から世代への移ろいを伝えていた。俺たちは老婆と大地とのウエディングソングを聞いて、いたく心が安らいだ。

木の成長並みにゆっくりと、代々伝えられてきたものは命、それと同時に意識でもある。なんとも不思議な上昇なのだ！　融け合う溶岩、星のペースト、それから奇跡的に生まれた細胞生物としてスタートした俺たちは、ちょっとずつ成長して、今やカンタータを作曲したり、天の川を計測したりできるまでに至った。

お袋は自分の命を渡しただけじゃなくて、倅たちに読み書きを教え、何世紀にもわたってゆっくりと蓄積された遺産を託した。それはお袋自身が預かったスピリチュアルな遺産、伝統だの概念など神話の小分けした取り分だった。それこそが、ニュートンやシェイクスピアを洞窟の野蛮人と隔てる違いなのだ。

腹が減ると俺たちが感じるある種の飢《うえ》は、砲弾の雨の中、スペインの兵士どもを植物学の授業に駆り立て、メルモーズを南大西洋に飛ばし、あるいは別の連中にそいつの詩を作らせるのと同じ飢だ。そんな飢を感じるのはつまり、俺たちに創世記がまだ完結しちゃいないってこと、それから自分と宇宙とを一緒に意識しなきゃならないということだ。

俺たちは闇夜に橋を架けなきゃいけない。そんな話が通じないのは、自分の身勝手さを開き直り、傍観を決め込んで利口ぶる連中だけだが、そんな利口ぶりじゃ世の中やっていけないよ。仲間たち、俺の友、証言しろ。俺たちが幸せを実感したのはどんな時だっただろうか？

4

この本を書き終えるにあたって、老いぼれた役人たちを思い出す。俺の最初の郵便飛行の夜明け、俺たちは指名された幸運に浴しつつ、真の人間になるべく準備していた。いっぽう俺と同乗していたあのジジイたちは、俺たちと似たような立場にありながら飢えているという感じはほとんどなかった。眠ったままにされていた、こういう連中が多すぎる。

数年前、鉄道で長旅をしていたときのことだ。三日間も車内に閉じ込められていた俺は、その間ずっと波に洗われる小石のような走る列車の音を聞き続けていたが、深夜一時頃だったと思う、線路を走るこの列車の中を歩いてみたくなって立ち上がった。寝台車も一等車も空っぽだった。しかし三等車にはフランスでクビを切られて帰途につく、数百人ものポーランド人労働者がすし詰めになっていて、俺は雑魚寝する連中の体を跨ぎつつ通路を進んだ。

常夜灯の下で立ち止まって見回すと、間仕切りのないこの車両の中は、兵舎か警察署みたいな匂いが立ちこめるタコ部屋さながら、人混みが特急列車の揺れでグチャグチャに押し合いへし合いしていた。誰も彼もが悪夢に沈み込み、爪に火を点すみたいな暮らしに戻って行った。木製のシートから、でかい坊主頭がはみ出ている。夢の中でも悪さする騒音や振動に攻め立てられるみたいに、老若男女みんな一様に右へ左へ寝返りを打っていた。気持ちのいい眠りへの誘いなど、そこじゃかけらもなかった。

経済の潮流にまかれてヨーロッパの端から端へと翻弄されたせいで、連中は人間らしさも無くしかけてる。無理もない、連中が北フランスに持っていたちっぽけな庭付きの家とか、以前ポーランド人の炭鉱夫の家の窓でみかけたようなゼラニウム三鉢なども、手放さざるを得なかったのだから。

故郷に帰る彼らが掻き集めたのは、ろくな縛り方もしていない、ヘルニア患者の屍みたいにいざった荷物に突っこんだ、調理器具、掛け布団、カーテンくらいのものだ。

連中が四、五年のフランス生活の間に撫でたり可愛がったり手なずけたりしたものはことごとく、犬も猫も、それとゼラニウムも諦めざるを得なかった。せいぜい調理器具しか持ってこれなかったのだ。

疲れてバタンキューしてしまったみたいな、お袋の乳をガキが吸っていた。こんなハチャメチャでゴタゴタな旅路でも、しかし命は引き継がれていた。親父の方の、石みたいにずっしり重くてむき出しの頭が眼に入る。身体は折り畳まれて寝苦しそうだ。作業着に包まれたその体は、あっちこっち凸凹していて粘土の塊みたいだった。場内市場のベンチでもこういう形を留めない漂流物が転がってるのを見かけるが、問題はその悲惨さでも汚らしさでも醜さでもないと俺は思った。

この男とこの女がある日出会い、男は女に笑いかけたに違いない。仕事の後には、彼女に花束を持っていったのだろう。内気でぶきっちょな野郎で、つれなくされるのじゃないかとブルッたかも知れない。自分の魅力にお高く止まっていた彼女は、生の艶やかさで彼を悶々とさせて、いい気になったに違いないのだ。それで、今となっては、ただの掘削機かトラクターに過ぎない男の方も、そのときは甘美な煩悶を覚えたはずだ。

しかし、解せないのは、連中が粘土の塊になっちまったことだ。どんなエゲツない型取りをされてしまったのだ？　プレス機にかけられたみたいな痕跡をとどめて——。動物は耄碌しても奥ゆかしいままだが、神の御手なる土塊の人間は、何故にこの体たらくなのだ？

連中は寝ぼけていて、夢の難所を渡っているみたいだった。こいつらに交じって俺は旅を続けた。掠《かす》れたいびきだの聞き取りにくい愚痴などに横向きで寝ていたら、血行が悪くなって寝返りを打つ度に、靴の擦れる音が重なる。寄せては返す波間の小石の、エンドレスな伴奏が静かに続いていた。

俺は一組の夫婦と対面に座った。夫と妻の間の窪みに子どもがなんとか収まって眠っている。子どもが寝返りを打った。その時常夜灯の明かりでその顔が垣間見えたが、なんてこった！　なんて可愛い顔をしているのだ！　目の前の夫婦から生まれた金の果実みたいだ。この重苦し

俺を悩ませるのは、炊き出しのスープでも癒せないものだ。あの肉体のくぼみや、盛り上がりでも、ましてや不細工でもない。いわば一人一人の彼らの中に眠るモーツァルトが抹殺されてることなのだ。（249頁）

いボロ布の山みたいな二人から、魅力と優美のマスターピースが生まれたのだ。俺はそのツルツルした額やらちょっと突き出た唇に顔を近づけて一人つぶやいた。

「これぞ音楽家の面構え、チビのモーツァルトだ。粋な人生が約束されている」

言い伝えにある小さな王子様に比べても、どこも遜色ないほどだ。家族に守られて愛情に包まれて大事に育てられたら、この子は、何にでもなれるぞ！　突然変異で庭に新しいバラが生えたら、有頂天にならない庭師なんていない。庭師はバラを別のとこに植え直して、マメに世話をして手塩にかける。だが人間のための庭師なんていないのだ。この小さなモーツァルトは他の子どもたちと同じように、プレス機にかけられてしまうのだろう。モーツァルトはやがて、ミュージック・ホールの悪臭に染まって腐り切った音楽に甘んじ、大いに喜ぶようになるに違いない。モーツァルトの死は避けられない。

俺は自分の車両に戻って、独り思いにふけった。あの連中は自分の運命に、ほとんど何も悩んじゃいない。そして、俺が悩むのも彼らへの同情心からじゃない。永遠に血を流し続ける傷口への哀れみでもない。だいたい傷付いた本人自身が、痛みを感じてないのだから。むしろ、一個人じゃない、人類みたいなものに対してだ。

俺は同情心を信用していない。俺が悩んでいるの庭師目線でだ。それも突き詰めりゃ、怠惰同様、容易にそれに馴染んでしまいがちな貧困に対してでもない。実際、東洋人は何世代も垢にまみれて暮らして、それで満足しているじゃないか。俺を悩ませるのは、炊き出しのスープでも癒せないものだ。あの肉体のくぼみや、盛り上がりでも、ましてや不細工でもない。いわば一人一人の彼らの中に眠るモーツァルトが抹殺されてることなのだ。

＊＊＊

精神の息吹が粘土に吹き渡ってこそ、人間は創りだされるだろう。

サン＝テグジュペリと今を継ぐもの

一九九八年マルセイユ沖。古びた銀のブレスレットがトロール船の網にかかり海底から引き揚げられた。そこには一九四四年、コルシカ島から飛行機で飛び立ったまま消息を絶ったアントワーヌ・ド・サン＝テグジュペリの名が刻印されていた。

アントワーヌ・ド・サン＝テグジュペリは一九〇〇年、フランスの都市リヨンに生まれた。その三年後、アメリカのライト兄弟がフライヤー号にて世界初の動力飛行に成功する。飛行機の技術発展はヨーロッパを中心に進み、大地を歩いていた人間が大空を飛ぶ時代を、かれはそのままなぞるように生きてゆくこととなる。

サン＝テグジュペリは二六歳のとき、フランスとアフリカ大陸を行き来する定期郵便空艇のパイロットに採用され職業人としてのキャリアをスタートさせた。本書はかれの所属した『エアロ・ポスタル社』での経験を中心に書かれた作品である。

この『人間の土』では、かれを最も有名にした『星の王子さま』における「ぼく」でイメージされる穏やかでロマンチストな飛行艇乗りの作者像と異なり、気難しく、無骨で気分屋だったといわれるサン＝テグジュペリの「ヒコーキ野郎」な一面が生き生きと浮かびあがってくる。またひとつひとつの物語にちりばめられている素朴で力強い言葉たちから、繊細で深い内面も持つかれが直感的に掴んだ、世界のもう一つの姿が立ち現れてくる。

本書の翻訳者、田中稔也氏はかつてサン＝テグジュペリが暮らしたパリに一六年在住し活躍している日本人アーチストである。すでに優れた翻訳者たちによる訳本が上梓されているこの作品に、田中氏はひとつひとつ選りすぐった新しい言葉を与え、三年の歳月を費やして作者の声が直接耳へ響いてくるような迫真性をもつ新たな作品として表現することに成功した。

操縦桿、旋回器の装填や金属躯体の採用などを経た飛行機の実用化によって、ライト兄弟の初飛行からたった十年で人間は高く、遠く飛ぶことができるようになった。

航空技術はかつて想像の領域だった場所にまで人を運ぶようになった。それはとりもなおさず自分の足では戻れないところまでその肉体を移動させることでもある。飛行機はサン＝テグジュペリの大切な僚友たちを、そしてかれ自身を遠く高峰へ、銀嶺へ、海原へ運び、多くは終ぞ戻らなかった。

飛行技術はそののちさらなる進化を遂げ、輸送や旅行、スペースシャトルに姿を変え宇宙探索にいたるまでのさまざまな恩恵を人類に与えてゆく。同時に、初めての動力飛行からおよそ十年後に始まった第一次世界大戦から早くも偵察機、爆撃機、戦闘機として進化、導入され、戦争の現場を前線から市民の頭上へ展開させてゆくこととなる。のちのスペイン内戦において、爆撃機による空爆の凄惨さが、パブロ・ピカソに『ゲルニカ』を描かせた。科学技術がもたらす力の魅力と表裏一体の破壊、死。そしてその緊張関係のただなかから新しい芸術作品が生まれた。

いま、わたしたちの時代におけるＡＩ（人工知能）技術は当時と似かよった背景を持つ。技術の進歩はその目的地を見失うほどに早く、倫理の指針を胸に抱いた人間はその羅針を向ける位置を定める時間すら与えられない。二〇二五年をめどにアップル社は独自の生成ＡＩをアイフォーンへ搭載すると発表し、利便性の向上を宣伝した。日英伊の三国は共同開発する次期戦闘機にＡＩを活用し攻撃の効率化を図るという。ＡＩというテクノロジーは、飛行機で大地を初めて見下ろしたジュペリのように、世界のもう一つの姿を感動とともに発見させるだろうか。それとも取り返しのつかない惨たらしさが今度こそ回復不能なまでに人間を打ちすえるだろうか。

サン＝テグジュペリは大地を天空から見下ろした初めての人間たちの一人であり、神話の領域だった空の世界へ生身で飛び込んでいった体験を言葉にする力に恵まれた作家であり、なおかつ生活や肉体労働を知る一個の市民でもあった。人間が初めて小川や木々の一叢を、農夫、動物たち、雲海や砂漠を、はるか上空から見下ろしたとき、いったい何を思うのか。

漆黒の海上をひとり飛び続ける孤独、迫りくる雷光を抱いた巨大なあらしを前にした恐怖、無限にあらわれる砂の絶望へ、どう立ち向かってゆくのか。人間を、ひと握りの土くれと隔てているものはいったい何なのか。

新技術がもたらす先の見えなさ、「現在」の相克を、百年前の青年サン＝テグジュペリと、二〇〇〇年代を生きる若者たちは本書を通じて語り合うことができるかもしれない。この旅の終わりに、読者の胸に「現在」をほの明るく照らす小さな火が灯ることを信じる。

サン＝テグジュペリの新たな「語り」によって、またアーチストである田中氏の美しく幻想的な挿画に導かれて、百年前のとある「ヒコーキ野郎」が生きた冒険の旅をいま始めよう。

編集部記

訳者
田中稔也。1983年、東京出身。早稲田大学第一文学部卒。画家、彫刻家、映像作家。大学卒業後、ヨーロッパ各地を放浪しつつフランスを中心にアーティストとして活動し、現在パリの美術・建築大学等で教鞭をとる。

人間の土

2024年11月11日　初版第一刷発行

著　　者　サン＝テグジュペリ
訳／挿絵　田中　稔也
編　　集　西巻　幸作

発行・発売　（株）明月堂書店
住所　〒162-0054
東京都新宿区河田町3-15
河田町3階
電話　03-5368-2327
ファックス　03-5919-2442

発 行 人　西巻　幸作
印刷製本　（株）ディグ

ISBN979-4-903145-80-8　C0098　Printed in Japan

明月堂書店好評既刊本

女について――近代哲学の父が語る古典的女性観――

●ショーペンハウエル著／石井立訳／四六判並製／124頁／本体価格1500円＋税

これは不快な文章なのか、得心する告白なのか、それとも女性讃美か？

ゲーテ『ファウスト』を深読みする――ファウストってどんな人？メフィトフェレズの正体は？――

●仲正昌樹著／四六判並製／288頁／本体価格1818円＋税

とかく難解として敬遠されがちなゲーテの『ファウスト』が身近に感じれるようになる一冊。

物語『ヘーゲル精神現象学』――意識の経験の学――

●矢崎美盛著／四六判上製／240頁／本体価格2273円＋税

ヘーゲル『精神現象学』の成立過程から詳細に説き起こし、その全行程を旅路に喩えて綴る最良の入門書。

哲学するタネ――高校倫理教師が教える70章【東洋思想編】――

●石浦昌之著／A5判並製／384頁／本体価格2500円＋税

高校倫理教師の一年間の授業から東洋思想編を完全収録！

哲学するタネ――高校倫理教師が教える70章【西洋思想編①②】――

●石浦昌之著／A5判並製／①336頁②304頁／本体価格①2000円②1800円＋税

哲学する基本知識を「タネ」と呼び、答えのない問いを問い続ける。【東洋思想編】に続く第二弾【西洋思想編】①②二分冊！